D1206937

Elfriede Jelinek
Deseo

Elfriede Jelinek

Deseo

Traducción de Carlos Fortea

Ediciones Destino
Colección
Áncora y Delfín

Jelinek, Elfriede
    Deseo.- 1ª ed. – Buenos Aires : Destino, Grupo Planeta, 2004.
    232 p. ; 25x15 cm.

    ISBN 950-732-066-0

    1. Narrativa Austríaca I. Título
    CDD 891.85

Título original: *Lust*

No se permite la reproducción total o parcial de este libro,
ni su incorporación a un sistema informático, ni su transmisión
en cualquier forma o por cualquier medio, sea éste electrónico,
mecánico, por fotocopia, por grabación u otros métodos, sin el
permiso previo y por escrito de los titulares del *copyright*.

© Rowolt Verlag GmbH
© Ediciones Destino, S. A., 2004
Diagonal, 662-664. 08034 Barcelona
www.edestino.es
© de la traducción, Carlos Fortea
Primera edición: noviembre 2004
ISBN: 84-233-3694-8

© 2004, Grupo Editorial Planeta, S.A.I.C. / Ediciones Destino, S. A.
Independencia 1668, C 1100 ABQ, Buenos Aires
www.editorialplaneta.com.ar

1ª edición argentina: noviembre de 2004

ISBN 950-732-066-0

Impreso en Grafinor S. A.,
Lamadrid 1576, Villa Ballester,
en el mes de noviembre de 2004.

Hecho el depósito que prevé la ley 11.723
Impreso en la Argentina

En la interior bodega
de mi Amado bebí, y cuando salía
por toda aquesta vega
y cosa no sabía
y el ganado perdí que antes seguía.

SAN JUAN DE LA CRUZ

1

Colgantes velos se tienden entre la mujer en su estuche y los demás, que también tienen casas propias y propiedades. Incluso los pobres tienen sus casas, en las que congregan sus rostros cordiales, sólo lo que no cambia los separa. En esta situación reposan: remitiendo a sus vínculos con el director, que, mientras respire, es su padre eterno. Este hombre, que les dosifica la verdad como si fuera su aliento, con tal naturalidad reina, ya tiene bastante de las mujeres a las que llama con poderosa voz, sólo precisa ésta, la suya. Es tan inconsciente como los árboles que le rodean. Está casado, lo que representa un contrapeso a sus placeres. Los cónyuges no se avergüenzan el uno del otro, ríen y son y eran todo para ellos.

El sol del invierno es ahora pequeño, y deprime a toda una generación de jóvenes europeos que aquí crece o viene a esquiar. Los hijos de los trabajadores del papel: podrían reconocer el mundo a las seis de la mañana, cuando entran al establo y se convierten en crueles extranjeros para los animales. La mujer va a pasear con su hijo. Ella sola vale por más de la mitad de todas las almas del lugar, la otra mitad trabaja en la fábrica de papel, a las órdenes del marido, una vez que ha sonado el aullido de la sirena. Y los hombres se atienen con precisión a lo que se les pone por delante. La mujer tiene una cabeza grande y despejada. Lleva fuera una hora larga con el niño, pero el niño, borracho de luz, prefiere volverse insensible haciendo deporte. Apenas se le pierde de vista, arroja sus pequeños huesos a la nieve, hace bolas y las lanza. El suelo brilla de sangre recién vertida. En el camino nevado, desparramadas plumas de pájaro. Una marta o un gato han representado su drama natural: reptando a cuatro patas, un animal ha sido devorado. El cadáver ha desaparecido. La mujer ha venido de la ciudad aquí, donde su marido dirige la fábrica de papel. El marido no se cuenta entre los habitantes, él cuenta por sí solo. La sangre salpica el camino.

El marido. Es un espacio bastante grande, en el que aún es posible hablar. También el hijo tiene que empezar ya a estudiar violín. El director conoce a sus trabajadores, no uno por uno, pero conoce su valor global, buenos días a todos. Se ha formado un coro de la empresa, que se mantiene con donativos, para que el director pueda dirigirlo. El coro se desplaza en autobuses, para que la gente pueda decir que fue una cosa única. Para ello, a menudo tienen que hacer una gira por las pequeñas ciudades del entorno, llevar a pasear sus mal medidos compases y sus desmedidos deseos ante los escaparates provincianos. En las salas el coro se presenta de frente, dando la espalda a las esquinas de los mesones en que actúa. También al pájaro, cuando vuela, se le ve solamente desde abajo. Con paso grave y trabajoso, los cantores fluyen del autocar alquilado, que emana sus vapores, y prueban sus voces al sol. Las nubes de canto se elevan bajo la envoltura del cielo cuando los prisioneros son presentados. Entretanto sus familias se quedan en casa, sin el padre y con pocos ingresos. Comen salchichas y beben cerveza y vino. Dañan sus voces y sus sentidos, porque ambas cosas las emplean irreflexivamente. Lástima que vengan de abajo, una orquesta de Graz podría sustituir a cada uno de ellos, aunque también apoyarlos, según el humor de que estuviera. Esas voces horriblemente débiles, tapadas por el aire y el tiempo. El director quiere que vayan a implorarle ayuda con sus voces. Incluso los que valen poco pueden hacer una gran carrera con él si llaman su atención desde el punto de vista musical. El coro es cuidado como *hobby* del director, los hombres están en sus corrales cuando no viajan. El director mete incluso dinero propio cuando llega el momento de las sangrientas y apestosas eliminatorias de los campeonatos provinciales. Garantiza, para sí y sus cantantes, una pervivencia que vaya más allá del instante fugaz. Los hombres, esa obra sobre la tierra, y quieren seguir construyéndola. Para que sus mujeres los sigan reconociendo en sus obras cuando se jubilen. Pero en los fines de semana, los dioses se vuelven débiles. Entonces no se suben al andamio, sino al podio del bar, y cantan bajo presión, como si los muertos pudieran volver y aplaudirles. Los hombres quieren ser más grandes, y lo mismo quieren sus obras y valores. Sus edificaciones.

A veces la mujer no está satisfecha con esas máculas que pesan sobre su vida: marido e hijo. El hijo el vivo retrato del padre, un chico único, pero se deja fotografiar. Sigue los pasos del padre, para poder también él llegar a ser un hombre. Y el padre le presiona de tal modo con el violín, que le salen espumarajos de la boca. La mujer responde con su vida de que todo vaya bien, y se sientan bien juntos. A través de esta mujer, el marido se ha proyectado hacia la eternidad. Esta mujer es de la mejor familia posible, y se ha proyectado en su hijo. El niño es obediente, salvo en los deportes, donde puede llegar a ser violento y no se deja pisar por los amigos, que le han elegido, por unanimidad, su escalera hacia el cielo del pleno empleo. Su padre no se puede evaporar, dirige la fábrica y su memoria, en cuyos bolsillos hurga en busca de los nombres de los trabajadores que intentan escabullirse del coro. El niño esquía bien, los niños del pueblo se agostan como la hierba bajo sus esquíes. Están a la altura de sus zapatos. La mujer, en su bata lavada cada día, ya no se sube a los esquíes, no, ofrece al hijo ancla en su bienaventurada costa, pero el niño escapa una y otra vez, para llevar su fuego a los pobres habitantes de las casas pequeñas. Su entusiasmo los debe contagiar. Quiere recorrer la tierra con su hermoso ropaje. Y el padre se hincha como la vejiga de un cerdo, canta, toca, grita, jode. Al coro lo arrastra a su voluntad del campo a la montaña, de las salchichas al asado, y canta a su vez. El coro no pregunta qué recibe por ello, pero sus miembros nunca son tachados de la nómina. ¡La casa tiene unos muebles tan claros, así se ahorra luz! Sí, sustituyen la luz, y el canto aliña la comida.

El coro acaba de llegar. Viejos paisanos que quieren escapar de sus mujeres, a veces incluso las propias mujeres con sus tiesos rizos (¡el sagrado poder de los peluqueros locales, que aderezan a las mujeres hermosas con una sabrosa pizca de permanente!). Han bajado de los vehículos, y se toman el día libre. El coro no puede cantar sólo a base de luz y aire. Con paso tranquilo, la mujer del director se adelanta el domingo. En la colegiata, donde Dios, cuya esquemática impresión en los cuadros indigna, habla con ella. Las viejas allí arrodilladas ya saben cómo es. Saben cómo termina la historia, pero de lo de en medio no han aprendido nada, por falta de tiempo. Ahora, caminan apoyadas de estación a estación del rosario, sólo porque podrían en breve plazo estar ante el padre eterno, el miembro de la unicidad, llevando en la mano como salvoconducto sus fláccidas pieles. Al final el tiempo se detiene, y el oído se quiebra con el retumbar de la percepción de toda una vida. Qué hermosa es la Naturaleza en un parque, y el canto en un mesón.

En medio de las montañas que los entrenados deportistas vienen a visitar, la mujer advierte que le falta un soporte firme, una parada en la que poder esperar a la vida. La familia puede hacer mucho bien y recoger el botín de los días festivos. Los más amados rodean a la madre, se sientan juntos como benditos. La mujer se dirige a su hijo, lo censura (tocino en el que pacen las larvas del amor) con su suave y delicado gritar. Se preocupa por él, lo protege con sus suaves armas. Cada día parece morir un poco más, cuanto más crece. Al hijo no le gustan las quejas de la madre, enseguida exige un regalo. Intentan ponerse de acuerdo en esas breves negociaciones: a base de juguetes y artículos deportivos. Ella se lanza cariñosa sobre el hijo, pero él se le escapa como sonoro manantial, retumba en las profundidades. Sólo tiene este hijo. Su marido vuelve de su despacho, y enseguida ella lo estrecha contra su cuerpo, para que los sentidos del hombre no se despierten. Resuena música del tocadiscos y del barroco. Ser lo más uno posible con las fotos en color de las vacaciones, no cambiar de un año para otro. Este niño no dice una palabra cierta, sólo quiere marcharse con sus esquíes, se lo juró.

Fuera de las horas de comer, el hijo habla poco con su madre, aunque ella lo cubre con un manto de comida para conjurarle a hacerlo. La madre invita al niño a dar un paseo, y paga por minuto, pues tiene que escuchar al niño de hermosa vestimenta. Habla como la televisión, de la que se alimenta. Ahora prosigue sin temor, pues hoy aún no ha visto el horror del vídeo. Los hijos de la montaña se acuestan a veces ya a las ocho, mientras el director, con manos hábiles, vuelve a inyectar arte en su motor. ¿Y qué potente voz es la que hace levantar a los rebaños en las praderas, todos juntos? ¿Y a los pobres cansados también, temprano, cuando miran hacia la otra orilla, donde se alzan las casas de veraneo de los ricos? Creo que se llama despertador de Radio 3, y suena grabado en cinta desde las seis, infatigable roedor que nos devora desde temprano en la mañana.

En los cuartos hitlerianos de las gasolineras, vuelven ahora a arrojarse los unos sobre los otros, esos pequeños sexos en sus andadores, que se derriten en sus cucuruchos como bolas de helado. Tan rápido termina siempre, y tanto dura el trabajo y se alzan las montañas. Estas gentes se pueden reproducir fácilmente, mediante infinitas repeticiones. Esta jauría hambrienta saca su sexo de las puertecillas que con sentido práctico se ha puesto. Esta gente no tiene ventanas, para que sus parejas no puedan mirar por ellas. ¡Nos tienen como a reses, y todavía nos preocupa progresar!

En la tierra hay senderos tranquilos. En la familia siempre se espera en vano, o se cae luchando por conseguir ventaja. A la madre le dan seguridad los muchos esfuerzos, que el niño, encorvado sobre el instrumento, vuelve a aniquilar. Los lugareños no son de confianza, tienen que irse a dormir cuando en los deportistas empieza a despertar la vida nocturna. El día es suyo y la noche es suya. La madre vigila al niño, mientras está en los muros del hogar, para que no se divierta demasiado. El niño no es muy aficionado a ese violín. En los anuncios, los que piensan igual siguen tercamente su propio camino, para poder llenar mutuamente su vaso. Se leen anuncios de contactos, y cada cual se alegra con la pequeña luz que lanza a la oscuridad de un cuerpo ajeno. Se anuncian habilidosos carpinteros de la vida, que piden permiso para poner sus pequeños estantes en los oscuros nichos ajenos. ¡En realidad, uno no debería cansarse de sí mismo! El director lee los anuncios, y encarga para su mujer, en el comercio especializado, una hamaca en la que ella se pueda tender, de nylon rojo, con silenciosos agujeros a través de los cuales las estrellas brillan. Al marido no le basta con una sola mujer, pero la enfermedad amenazante le frena a la hora de sacar su aguijón y libar la miel. Un día se olvidará de que su sexo puede arrastrarlo, y exigirá su parte de la cosecha: ¡Queremos diversión! ¡Queremos bifurcarnos en nosotros mismos! Complicados, los anuncios yacen en sus colchones y describen las sendas que recorren. Ojalá que sus hornos no se apaguen, no se extingan por sí solos y tengan que vivir decepciones. Al director no le basta con su mujer, pero ahora él, un hombre público, se ve constreñido a este utilitario. Intenta lo mejor: vivir y ser amado. Los hijos de los utilizados también trabajan en la fábrica de papel (los atrae el material aún sin elaborar, aquello de lo que los libros están hechos); tiene una forma fea. Las sirenas les tienen que cantar para insuflarles vida. Pero al mismo tiempo son expulsados de la vida y caen como cataratas, superfluos, desde la cumbre de sus ahorros. El impuesto ya se les ha cobrado, y sus mujeres les imponen, en su lugar, el rumbo al puerto seguro, que tanto esfuerzo se tomaron los hombres en evitar y en minar. Son una vendimia de flacos sarmientos, y rápidamente se hace una selección. En sus colchones, los atrapa un ansia mortal, y sus mujeres son malogradas por su mano (o han de ser mantenidas por la seguridad social). No son personas privadas, porque no tienen una casa hermosa; solamente son lo que se ve de ellos, y lo que a veces se

13

oye del coro. Nada bueno. Pueden hacer muchas cosas al mismo tiempo, y sin embargo no revuelven el agua en la piscina en la que la mujer del director se adapta a su traje de baño, muy arriba en la escala de la Naturaleza, inconmensurablemente alto y lejos de nosotros, los consumidores normales.

El agua es azul, y jamás se calma. Pero el hombre vuelve a casa de su labor diaria. El gusto no es cosa de todo el mundo. El niño tiene clase esta tarde. El director lo ha pasado todo a ordenador, escribe él mismo los programas como *hobby*. No le gusta la Naturaleza, el silencioso bosque no le dice nada en absoluto. La mujer abre la puerta, y él advierte que nada es demasiado grande para su poder, pero tampoco nada puede ser demasiado pequeño, de lo contrario es muy fácil de abrir. Su deseo es sincero, se adapta a él como el violín a la barbilla de su hijo. Los amores se encuentran muchas veces en casa, porque todo les sale del corazón y se anuncia a plena luz del día. Ahora, el hombre querría estar a solas con su divina mujer. La gente pobre tiene que pagar antes de poder tumbarse a la orilla.

Ahora, la mujer no tiene tiempo ni de cerrar los ojos. El director no asiente cuando ella quiere ir a la cocina y preparar algo. La toma, decidido, por el brazo. Antes quiere llamarla a sus obligaciones, para eso ha cancelado dos entrevistas. La mujer abre la boca para disuadirle. Piensa en su fuerza y vuelve a cerrar la boca. Este hombre tocaría su melodía hasta en el seno de las rocas, tensaría resonante el violín y el miembro. Una y otra vez suena esta canción, este ruido atronador, tan sorprendentemente terrible, acompañado de miradas de disgusto. La mujer no tiene el coraje de negarse, vaga indefensa. El hombre siempre está dispuesto y satisfecho de sí mismo. Un día de diversión se lo toman los pobres y los ricos, pero por desgracia los pobres no se lo dan a los ricos. La mujer ríe nerviosa cuando el hombre, todavía con el abrigo puesto, se desabrocha con intención. No se desabrocha para dejar su rabo en suspenso. La mujer ríe fuerte, y se tapa la boca con la mano, azorada. La amenaza con golpes. En ella resuena el eco de la música del tocadiscos, donde sus sentimientos y los de otros giran en la forma de Johann Sebastian Bach, adecuadísimo para el goce humano. El hombre se destaca entre sus espinas de pelo y de ardor. Así se agigantan los hombres y sus obras, que pronto vuelven a caer tras ellos. Más seguros están los árboles del bosque. El director habla tranquilamente de su coño y de cómo se lo piensa abrir. Está como borracho. Sus palabras titubean. Con la mano izquierda, sujeta por la cintura a la mujer y le saca, por decirlo suavemente, la bata de casa por la cabeza. Ella se agita ante el peso pesado. Él maldice en voz alta sus panties, que hace ya mucho tiempo que le ha prohibido. Las medias son más femeninas y aprovechan mejor los agujeros, cuando no crean otros nuevos. Enseguida piensa apurar a fondo a la mujer por lo menos dos veces, anuncia. Las mujeres, alimentadas con esperanzas, viven del recuerdo, los hombres, en cambio, del instante, que les pertenece y, cuidado con mimo, se puede descomponer en un montoncillo de tiempo que también les pertenece. De noche tienen que dormir, ya que no pueden repostar. Son puro fuego, y se calientan (ellos mismos) en pequeños recipientes. Es sorprendente, esta mujer toma píldoras en secreto; el nunca apaciguado corazón del hombre no permitiría que de su tanque siempre lleno no se pudiera servir vida.

Al lado de la mujer, los montones de ropa caen como animales muertos. El hombre, siempre con el abrigo puesto, está con su fuerte miembro entre las arrugas de su ropa, como si cayera luz sobre una roca. Panties y bragas forman un anillo húmedo en torno a las zapatillas de la mujer, de las que sobresale. La felicidad parece debilitar a la mujer, no puede comprenderlo. El pesado cráneo del director escarba mordiendo en su vello púbico, dispuestísima está su eminencia a exigir algo de ella. Alza la cabeza, y en su lugar aprieta la de ella contra su cuello de botella, que ha de probar. Sus piernas están atrapadas, ella misma es manoseada. Él le abre el cráneo sobre su rabo, se hunde en ella y, de propina, le pellizca fuerte el trasero. Echa su frente para atrás, con tal fuerza que la nuca le cruje desairada, y sorbe los labios de su vagina, todo a un tiempo, para poder ver con sus ojos la vida sobre ella. La fruta aún tiene que madurar. Esto es lo que pasa cuando se amontonan muchas costumbres humanas, para poder coger de las copas algo que entonces a uno no le gusta. Todo está limitado por prohibiciones, las precursoras de los deseos. Tampoco en una pequeña colina crece mucho, y nuestros límites no están más allá de lo que podemos comprender, y no comprendemos mucho, con nuestros pequeños y endurecidos vasos sanguíneos.

El hombre sigue adelante completamente solo. Pero hace mucho que a la mujer no le sienta bien perseverar en la postura que ocupa a su lado, en casa. Se agita, tiene que abrir las piernas un poco; con descuido, sus dientes le raspan el vientre. El hombre vive en su propio infierno, pero a veces tiene que salir y hacer una excursión por la pradera. La mujer se defiende, pero sin duda sólo en apariencia, aún puede recibir más bofetadas si quiere negar el espíritu del hombre, que se quiere iluminar. Se ha bebido bastante. El director casi se vacía en su caro entorno, en cuya penumbra se desgañita contra la dieta que la mujer cocina para él. Ella no quiere alojarlo. Él se siente tan grande como el que más. Descargarse un poco entre las lámparas de pie lo aliviaría, pero tiene que llevar la carga de muchos, que se limitan a crecer tontamente junto a la orilla, como la hierba, y no piensan en el mañana porque tienen que levantarse. Hermann. Ahora, después de alzarla de sus zapatillas, tiende a su mujer sobre la mesa del salón. Cualquiera puede asomarse y envidiar cuánta hermosura guardan oculta los ricos. Es exprimida contra la mesa, sus pechos se separan como grandes y cálidas plastas de estiércol. El hombre levanta la pierna en su propio jardín, entonces sale y la levanta en cada una de las otras esquinas. No perdona los terrenos más oscuros. Es tan normal como Eros, que nunca quiso atizar el fuego de ambos, de las finas ramitas que, nacidas pero no seguras, quieren transformarse a toda costa. No, el director responderá a los anuncios, para cambiar su Ford Imperium por un modelo más nuevo y más potente. Si no fuera por el miedo a la última plaga, el taller del hombre nunca más guardaría silencio. Y también en el domicilio los anuncios están pegados en la pizarra: Placer, el mensajero blanco; poderosas olas recorren el tiempo, y poderosamente quieren los hombres algo para siempre. Prefieren lo que les es lejano, pero también usan lo que tienen cerca. La mujer quiere huir, escapar a esa apestosa cadena en la que el tronco languidece ante su choza. La mujer ha sido sustraída a la nada, y es marcada de nuevo día a día con el matasellos del hombre. Está perdida. El hombre vuelca sobre él las palas excavadoras de las piernas de ella. De la mesa caen varios objetos que pertenecen al niño, y chocan suavemente con la alfombra. El hombre es de los que todavía saben apreciar la música clásica. Con un brazo, se tiende hacia delante y pone en marcha una cadena estereofónica. Resuena, la mujer se deja hacer, y vivan los mortales del sueldo y el trabajo, pero, ¿no es cierto?, la música forma parte de esto. El director sujeta a la mujer con su peso. Para sujetar a los trabajadores, que gustan de cambiar del trabajo al descanso, basta con su firma, no tiene que poner su cuerpo encima. Y su aguijón nunca duerme sobre sus testículos. Pero en su pecho duermen los amigos con los que antaño iba al burdel. A la mujer se le promete un vestido nuevo mientras el hombre se quita el abrigo y la chaqueta. Lucha con el alcohol, la corbata se le ha convertido en soga. ¡Llegados a este punto, quisiera vestirlo de nuevo con palabras! Antes, la cadena de música ha sido puesta en marcha con un golpe bajo, ahora la música del plato cobra ímpetu, y mueve al director algo más rápido. Mangas de sonido saltan hacia adelante para intervenir, ¡un director tiene que sacar su rabo al mundo! Su placer debe perdurar hasta que se vea el suelo y los pobres, a los que se ha vaciado de amor, sean descarrilados y tengan que ir a la oficina de empleo. Todo debe ser eterno y además poder ser repetido con frecuencia, dicen los hombres, y tiran de las riendas que un día su mamá sujetó con cariño. Sí, eso está bien. Y ahora este hombre entra y sale de su mujer, como engrasado. En este terreno la naturaleza no puede haberse equivocado, porque nunca quisimos otra cosa. Se encuentran en un territorio carnal, y los campesinos de media jornada, que lloran fácilmente si no se les contrata, se encolerizan si sus mujeres acarician suavemente a las sorprendidas reses de matadero. Los caballeros gustan de hacer amistad con la Muerte, pero la diversión debe continuar. E incluso a los más pobres se les concede con gusto el placer de las hembras pobres, dentro de las que pueden volverse grandes diariamente, a partir de las 22:00 horas. Pero para este director el tiempo no cuenta, porque él mismo lo produce en su fábrica, y los relojes son estoqueados hasta que gritan.

Muerde a la mujer en el pecho, lo que hace que las manos de ella se disparen hacia delante. Eso despierta aún más cosas en él, la golpea en el cogote y sujeta con fuerza sus manos, sus viejas enemigas. Tampoco ama a sus siervos. Embute su sexo en la mujer. La música grita, los cuerpos avanzan. La señora directora se sale un tanto de sus casillas, por eso la bombilla tiene tantas dificultades para encenderse. Un perro dormido es el hombre, al que no se hubiera debido despertar para traerlo a casa, sacándolo del círculo de sus socios. Lleva el arma bajo el cinturón. Ahora, se ha disparado algo así como un tiro. La apuesta deportiva se ha perdido. La mujer es besada. Escupiendo, se le gotean cariños al oído, hace mucho que esta flor no florecía, ¿no quiere usted darle las gracias? Antes, él todavía se ha removido dentro de ella, pronto sus dedos sacarán un buen sonido al violín. ¿Por qué la mujer vuelve la cabeza? ¡Todos tenemos sitio en la Naturaleza! Hasta el miembro más pequeño, aunque no esté muy cotizado. Este hombre se ha vaciado dentro de la mujer, ¡un día se sublevará envuelto en oro, para realizar acciones aún más tumultuosas en la piscina! Encorvado en posición reglamentaria de salto, el director sale de la mujer, dejando sus derechos. Porque pronto la trampa de las labores domésticas volverá a atraparla, y la devolverá allá de donde vino. Falta mucho para que se ponga el sol. El hombre se ha vertido jovialmente, y mientras el fango sale de su boca y de sus genitales, va a limpiarse los restos del pastel gozado.

La comunidad se mira en todo en ella, no cuentan con muchas chicas deportivas. La mujer se mece en sus preocupaciones, Hermann cae sobre ella en el silencio de la noche. Y también su hijo domina a los otros niños con mayor perfección que a su violín. El padre fabrica lo mínimo, que cae bajo la llama de su pasión: papel. Sólo rastros de ceniza quedan donde el ojo se detiene sobre las obras de los hombres. La mujer aparta la vista de la mesa que ha puesto, abre un bolsillo hecho en un costado de su vestido y echa en él los restos de comida, en eso sigue siendo fiel a sí misma. Hoy la familia, totalmente en privado, bebe sus propios recuerdos en el proyector. La comida llega tarde a la mesa, junto con el niño, que se pone furioso. No se guía por nada de lo que se le dice, hace y deshace a su aire. Hace meses que viene prometiendo mejorar al violín, pero el padre disfruta más de los pescozones que propina a esa joven naturaleza amiga. En general, también este país hace esos gastos inútiles, ya que se alimenta del arte, pero no todos sus ciudadanos y creyentes, de los que de ninguno merece que se diga: especialmente valioso.

La lengua de la mujer es un vestido que todo lo tapa. Se cierra crujiente sobre el hojaldre salado, que en la televisión parece mucho más grande que en nuestras bocas, donde rápidamente se hace invisible. Aun así, lo lanzamos a los canales de desagüe de nuestros vientres crepusculares. El padre se inclina sobre su hijo, delicado como un chorizo. Claro que va a tener una bicicleta BMX. El hijo del director disfruta de la envidia de los niños del pueblo como de una tiesa pizca de poder. Enseguida sale al aire libre, a destrozar algo. Pero el padre le exige a cambio, amenazador, que hoy acerque su cabeza al violín, para hacerlo sonar de tal modo que se pueda emplear para engrasar los sentimientos en otra parte. El padre gusta de exhibir su querida loncha de nacimiento en el instrumento. ¡Y cómo maneja él, el padre, el instrumento de su hijo, como si fuera ropa sucia! El niño debe mantener blanda su muñeca mercantil, y tocar con el arco, de la más delicada construcción, en los prados de los artistas eternos, que han de ser animados por sones populares y conocidos. Después resuena Mozart, horrendo y mellado, si tiene usted suerte y se le ha encadenado a tiempo por los tobillos, para que no pueda ir a pacer a otra pradera.

Los bancos compiten, con bolsas en la correa, por los más pequeños de entre los pequeños. Incluso esta chusma, servidumbre de sus padres, tiene la necesidad de un estado de cuenta. En unos cuantos años, el dinero habrá adquirido una hermosa figura, un coche de morirse o un piso para estar muerto. Suponiendo que usted como el hijo del director tenga menos de catorce y siga soltero y vivo, aún niño, pero ya despachado como cliente de la vida. Para esos futuros consumidores del gremio, todavía se harán largas las horas en las que deseen valer más. Quizá algunos de nosotros nos convirtamos en cajeros, porque ¿para qué están aquí los bancos, al fin y al cabo? No para nuestros mayores, que habrán sido los encargados de los negocios. El niño sale corriendo al frío helador, apenas recién hecho. Sencillamente, tiene que enfriarse en sanas caídas, y escuchar a su pueblo cuando grita, para poder darle ocasión de gritar más.

El hombre viene de afeitarse por segunda vez, a llevar a la mujer en sus olas como a un barquito. Sus montañas y valles, con su ramaje, son sin duda ricos bocetos, pero les falta el último pulimento, el de la degradación. Alzado por el viento, el hombre crea a la mujer, le traza la raya y le abre las piernas como huesos marchitos. Ve las fallas tectónicas de Dios en sus muslos, no le importan nada, escala sus montañas domésticas por un sendero seguro y familiar, conoce cada paso que da. No se cae, aquí está en su casa. Poder por fin estirar las piernas debajo de la mesa, quién no lo querría. La propiedad no obliga al propietario a nada, a los competidores a la envidia. Hace ya años que esta mujer ha escrito su marcha atrás en el libro de la vida, qué espera aún. Él mete la mano bajo su falda, entra por las paredes de su ropa interior. Quiere (la familia está en casa, una entre otras) entrar a la fuerza en su mujer para sentir sus propios límites. Pisaría la orilla, creo que pronto, si a él, el descontrolado, no le diera vértigo su propia senda. En general, no podríamos hacernos con los hombres si no los encerráramos a veces dentro de nosotras, hasta que los rodeamos pequeños y tranquilos. Ahora la mujer saca la lengua involuntariamente, porque el director ha pulsado un músculo de su mandíbula con cuya ayuda se puede sacar el veneno a una serpiente, no hay más que verlo. El hombre la conduce al baño, le habla tranquilizador y la dobla sobre el borde de la bañera. Hurga en sus matorrales, para poder entrar de una vez y no tener que esperar a la noche. Separa su espesura, su ramaje. Los fragmentos del vestido le son arrancados. Cae pelo en el desagüe. Se le golpea fuerte en las posaderas, la tensión de ese portal ha de ceder de una vez, para que la masa pueda precipitarse, bramando y patinando, sobre el *buffet,* esa hermosa alianza de consumidores y consorcios de alimentación. Aquí estamos, y se nos necesita para el servicio. A la mujer se le tiende un órgano del mismo tipo, del mismo valor o similar. ¡El hombre le abre súbitamente el culo! No necesita más, a excepción de su magnífico salario mensual. Su esqueleto se estremece, y derrama todo su contenido, mucho *más* de lo que podría ganar en dinero, en la mujer; cómo podría no sentirse conmovida por ese rayo. Sí, ahora contiene al hombre entero, hasta donde puede llevarlo, y lo recibirá mientras él halle gusto en su interior y en su papel pintado. Él echa a la bañera su parte delantera, y abre el cuarto de atrás, como gerente de este local y de similares locales. Ningún otro invitado aparte de él puede meter tanto aire fresco. Allí crece el merulio, se le oye absorber agua y producir desperdicios. Nadie más que el director puede obligar a la mujer a estar bajo su lluvia y su goteo. Pronto se habrá aliviado gritando, este gigantesco caballo, que arrastra su carreta hacia la mierda con los ojos bizcos y espumarajos en el bocado. El coche de la mujer no debe servir para recorrer sus propios caminos, él ha marcado ya un rastro con sus proyectiles, que bramando han abierto trochas en el bosque.

La mujer tantea torpemente hacia atrás con el tacón de la zapatilla, intentando alcanzar el monstruo de su marido. Ha oído sus poderes golpear como una cosechadora contra el borde de la bañera. El intento le pone furioso. Pronto se le van a pegar restos de suciedad, vaya vida. Qué malicioso es el sexo débil, que encima se esfuerza en ser hermoso. El hombre decide exigir a la mujer la observancia del contrato conyugal. Le tapa la boca con la mano, y es mordido con un dos por ciento de la fuerza de sus mandíbulas, así que se ve obligado a retirarla. Él cubre a la mujer con la oscuridad de la noche, pero le enchufa su conexión eléctrica en el trasero, para iluminación de ella y satisfacción propia. Ella intenta sacudírselo, pero pronto se queda paralizada, tiene que permanecer quieta, los ojos cerrados. No le gusta lo salvaje, él mismo lo es. Alrededor un vacío bostezante en la casa, hasta los matorrales de pelo de los vientres de ella y de él, como signo: aquí se sirve. Aquí hay vino del tiempo todos los días. Pero no todos somos de ayer. Desmañadamente, en la oreja caliente de la mujer se deja caer que el poder del hombre todo lo puede, y no precisa de argucias ni de armas. Ella sólo tiene que abrir la puerta, porque aquí vive él, y a duras penas puede retener su semilla con cortinas y pretextos. Sonriente, el Creador saca de los hombres su producto, para que pueda acostumbrarse a correr por entre nosotros. El hombre divide la creación con su poderoso ritmo, y también el tiempo pasa a su propio ritmo. Él destruye azulejos y cristales en este sombrío espacio, que se alegra con su ajetreo y con su clara luz. Sólo dentro de la mujer está oscuro. Él entra en su culo y golpea por delante su rostro contra el borde de la bañera. Ella grita otra vez. Él se yergue en su pequeña cabina de piloto, para quedarse. Quizá él mismo ya se ha tranquilizado, pero su miembro salta a voluntad de peña en peña. Alguien así se lanza a la mierda como otros lo hacen de la playa al mar, conecta su superaspiradora y no para hasta haber vaciado completamente su saco de polvo.

2

Después, ella llama al hijo. Y eso que está ya previamente saturada de la amada imagen del niño, el único refugio contra los ataques del hombre, que la sujeta más fuerte que el visitante a la bebida que ha elegido. Él no necesita refugio para su sexo, y su corriente toma el camino más corto. El niño sabe mucho de todo eso, contempla sonriente los agujeros de las cerraduras, que exploran los placeres de la casa. Mira el cuerpo de la madre, con astucia y descaro, en cuanto ésta llega del mundo exterior, que en los tebeos llaman maravilloso mundo. ¿Provoca la madre esa sonrisa que navega en el rostro como una canoa, o la tiene grabada? El niño no perdona nada de su madre cuando se mete bajo su blanca campana de humos, en el nido que el padre ha construido. Ambos están hechos para oteadores de carne, que se asoman por encima de la cerca, se azuzan entre ellos, tan sin control como el popurrí de nubes en el cielo purpúreo que los cubre. No sabemos por qué, pero el niño tiene una boca hambrienta que llenar de palabras sucias, en las que aparecen su madre y sus a menudo ensangrentadas bragas. El niño lo sabe todo. Tiene la piel blanca, y el rostro tostado por el sol. Por la noche tiene que estar bañado, y haber rezado y trabajado. Y pegarse a la mujer, recrearse en ella, morderla en los pezones como castigo porque antes el padre ha podido ampliar sus túneles y tubos. ¡Oiga usted! ¡Ahora hasta el lenguaje quiere echarse a hablar!

Lo maravilloso del viaje es que se encuentra uno un lugar ajeno y vuelve a huir espantado de él. Pero cuando hay que permanecer juntos, como reproducciones en cuatro colores y mala calidad de la naturaleza, formando parte unos de otros: una familia, entonces sólo encontrará usted al Papa, la cocina y el Partido Popular Austríaco dispuestos a honrar esta obra y a hacerle una rebaja en todos sus pecados. La familia, ese buitre, se considera a sí misma un animal doméstico. El niño nunca escucha. Se sienta sobre su secreto material de juegos, formado en parte por fotos guarras, y en parte por el modelo de esas fotos. El hijo mira su rabito, que con bastante frecuencia es incapaz de autocargarse. Mezquino, el *niño* se instala en cuclillas sobre su secreta colección privada, casi humano en su parlanchina codicia, el Papa tiene bibliotecas enteras de eso. Se come; aún en sus insensibles fauces, el hombre encuentra digna de elogio la comida que su mujer ha preparado. ¡Hoy ha cocinado ella misma! Lo que ocurre en el plato llega a su domicilio, a su dirección muy abajo en el vientre, donde es lanzado como una joven águila al torbellino de los vientos. De eso se encarga la mujer y se encargan las mujeres. El hombre pregunta a la mujer, con su muda mirada, si no sería ahora el momento de limpiar al máximo sus bisagras. Pero el niño, podría ser claramente audible si el padre entrara ahora en el bostezante vacío de su esposa, se lo dice para que piense en ello, esperando así escapar. Pero es perseguida, siguiendo el juego del hombre. Se agarra fuerte a la puerta del dormitorio, pero los límites están en el baño, una puerta más allá, y hoy ya han sido atravesados una vez.

Todo sucede en completo silencio. Excepcionalmente, el hombre ha venido a casa a comer. Expectante, el hombre recibe de las praderas del exterior su alimentación animal, pero no reconoce en la fuente a sus amigos de cuatro patas. Al fin la mujer tiene que quitarse la ropa, ahora tenemos más tiempo. El niño ha sido cebado, tiene que estar tranquilo, sentado en el colegio. Pero con ello la mujer ha quedado neutralizada, tiene que caer en la ola, la espuma babeante del hombre. Él se ve a sí mismo como un hermoso salvaje, que va a comprar a su mujer al banco de carne. La familia, tan pequeña como el bar de una estación, completamente sola, un hombrecito en una pata y en la segunda la mujer, aunque nunca se pueda confiar en ella. Los derechos del hombre a territorios propios, cuyos celestiales senderos sólo él puede recorrer, ya han sido notificados a la protección civil de las mujeres austríacas. Él mismo se lanza a jugar en los hermosos senderos, pero la montaña lo devuelve puntualmente a las siete de la tarde a su nido de ramitas, que él mismo ha confeccionado. Su mujer le espera, a ver cómo burla sonriente a la Naturaleza. Él tiene que atraparla como a lazo. Forma con ella un grupo vitalicio. Un espacio, diminuto y liso como la memoria, le contiene sin embargo como un todo. La mujer no muere, surge precisamente del sexo del hombre, que ya ha reproducido íntegramente su abdomen en laboratorio. ¡Cómo gusta el hombre de salir de su nevera en forma de cuerpo, y descongelarse lo más rápido posible!

Mientras sus padres —el padre entusiasmado como una llama, la madre sólo el hálito que empaña el cristal— caen el uno sobre la otra, el niño golpetea aburrido con la tapilla del buzón. El autobús escolar se atasca a veces en la copiosa nieve de este invierno. Los niños tienen hambre, podrían estar cómodamente en casa. Tienen que capitular ante esta torpe pradera de naturaleza (¡qué milagro que esta Naturaleza cruelmente golpeada siga osando plantearnos exigencias!), son llevados a un alojamiento provisional y leen un tebeo de Mickey Mouse y otro que su padre no tenga a mano. Se les darán salchichitas en el saco de dormir y se sentirán perdidos. Hasta los coches se atascan a veces con este tiempo. Pero nosotros estaremos calientes y seguros a la hora de la transustanciación, ya que por fin estamos dispuestos a dejarnos decepcionar por nuestra pareja. ¡Y cuán a gusto! Hasta que los libros de memorias vengan a asesorarnos sobre lo inhabitable, lo importante es no quedarse solos y tranquilos.

El padre se lanza sobre la hucha de la madre, donde se representan sus secretos para mantenerlos ocultos a él. De una hora a la otra, ya sea noche señalada, ya día importante, él es el único que ingresa, se sale de sus casillas. Su sexo ya casi le resulta demasiado pesado para levantarlo. Ahora la mujer debe contribuir un poco. Ya por la mañana, en el duermevela, él palpa en el surco de sus nalgas, ella duerme aún, él coge por detrás su suave colina, luz, donde estás, mi corazón ya está despierto. El partido de tenis puede esperar en su club, lugar aséptico. Primero, obedientes como niños, dos dedos entran en la mujer, después va el compacto paquete de combustible. La caja de los medios, de las melodías, que almacena nuestros deseos en la memoria del Altísimo, sale al éter con música. ¡Todo va a consumarse como nos corresponde, respira hondo! Conocemos bien lo mejor, lo tenemos en casa, en el aparador. El hombre agarra con la mano su tranquilo paquete y llama con él a las sorprendidas puertas traseras de su esposa. Ésta oye venir el coche de sus riñones ya desde lejos. Empieza a no albergar ningún sentimiento dentro de sí, ¡pero tenemos un maletero! El pesado montón de genitales penetra, no hay que preocuparse por los olores. Los colchones, convincentemente cubiertos, no se libran. Como ciega, la mujer recauda protección del escupiente expendedor del hombre, que ordeña sus pechos. Quedémonos en casa, los árboles han lanzado la hojarasca desde las montañas. Este hombre siempre verde no tiene que protegerse con esta mujer, está amablemente recogido, sin nubes negras en el cielo. Qué a gusto habita la propiedad entre nosotros. No puede asentarse en mejor sitio que bajo nuestras partes sexuales, que gimen como las rocas sobre la corriente. Para eso esta mujer recibe cada mes en efectivo la vida para su horno cotidiano, golpeando sobre la mesa. Mañana nuevamente abrirá al niño la puerta de la escuela hacia la vida, también esa canción de la vida la ha comprado el marido, y asa su pesada salchicha en hojaldre de pelo y piel en su horno. Pero el autobús escolar permanece atascado.

La mujer dice que el niño también tiene que comer. Su marido no escucha, hojea fugazmente su diccionario de bolsillo. La casa le pertenece, su palabra ya ha llegado allí y es considerada. Separa el sexo de su mujer, para ver si también allí se ha escrito algo legible. Penetra con la lengua, un día volvió a casa con ese arte como llovido del cielo. Un dios se regocija. Y pronto volverá a estar en la oficina y a bromear con su secretaria. ¡Tiene que exhibirse a sí mismo! Ensaya posiciones siempre nuevas, en las que, con pasos poderosos, lanza su carreta a las serenas aguas de su esposa y comienza a bracear como un poseso. No necesita aletas, nunca se pondría un trozo de plástico así sobre su cabecita roja sólo para seguir estando sano. Su mujer lleva mucho más tiempo sana. Se dobla sobre él, grita cuando de su bien equipada bellota brota toda una manada de inquietas semillas. Qué pasa. Tan fuerte sólo puede crujir con el hielo alguien que no tiene por qué preocuparse por su posición en la vida.

Este hombre que ahora mantiene tensa su mascota en la pinza de sus muslos, para morderla en las mejillas y poder pellizcarle los pezones, ha diseñado al fin un programa propio para reducir la actividad a su núcleo. ¡Sí, ha visto usted bien! Verá todavía más cuando por la mañana la puerta despierte y las dobladas espaldas del brillante rebaño (¡lo bastante bebidas!), apenas vean el sol, desaparezcan nuevamente en la oscuridad para colgar a secar su destino, sí, y a veces uno de ellos penetra en la goteante envoltura. Quién se apiadará de nosotros. Mejor cosechar un exceso de sobrante para el consorcio que dejar que los superfluos, fieles por lo menos a sus pobres nombres, puedan ganarse algo para su jardín y su casa. Ganancia para la «multi» extranjera a la que pertenece la fábrica, para que se despierte bramando de su dueño, nos envuelva a todos en papel y pueda devorarnos. El niño tiene su taller, en el que se alberga y es desbastado. En Navidad ha tocado un magnífico solo, ante el Belén con el niño, adorable como él mismo. Este año la nieve ha llegado pronto, y durará mucho, lo siento.

Más adelante viene a la casa una vecina de la mujer, indeseada e inexorable. Derrama reproches, permanente debilidad de este sexo femenino, que no ha hecho más que despertar y, subiendo la escalera, sólo sabe estallar en quejas. La vecina es molesta como un insecto. Alumbra a la gente de la pradera con su luz y sus preocupaciones, que deja a la clemencia de la directora, y alaba también al hijo de Dios, que creó del barro a los hombres de esta comarca y ha transformado sus árboles en papel, para buscar ante Él clemencia para su hija, que pronto terminará los estudios en la escuela de comercio. Su marido ya no se le acerca, se acerca a una camarera de veinte años del restaurante de la estación. Pero la mujer del director ya no tiene palabras para su invitada, tales refrescos han huido de ella. Fácilmente la rodea la riqueza de sus muebles y cuadros: no descansan hasta pertenecerle.

El hombre es en el fondo grande y tolerable, un ciudano que canta y toca música. Le compra a su mujer ropa interior excitante por catálogo, para que su cuerpo pueda presentarse al trabajo cada día como es debido. Ha elegido prendas osadas para que ella trate de parecerse a las modelos de las fotos. La ropa se malgasta con ella. La olvida en el cajón, y calla. No hay puntillas rojas que perturben su amplio silencio, pero, si se para a pensarlo, precisamente así es como a él le gusta: que su gente se olvide por completo de sí misma cuando él ha tendido sus lazos de amor. Se consumen tranquilos, como el tiempo, en su casa, y le esperan. El niño, que, hambriento, es rodeado de deporte. La mujer, que, sedienta, es comparada con fotos y películas. Familias sin apéndices y sin apego podrían seguir viaje en autocaraván con los aparatos en el maletero, los látigos, las fustas, los grilletes y los pañales de goma para estos bebés grandes, cuyos sexos aún lloran, berrean y suspiran porque un sexo más grande los apacigüe al fin. Algún día, también sus mujeres darán finalmente paz y leche. Los hombres incluso se administran, dulces, rápidas inyecciones para poder aguantar más en las palmoteantes huchas que sus mujeres les tienden suplicantes. Para rehacerse y poder recostar enseguida a sus compañeras. Las mujeres se inclinan sobre el hojaldre en su envoltorio, ríen, y pronto los caballeros se arrojan a las esquinas de los sofás, donde, hundiéndose, abren los vientres, sacan sus rabos a la luz y, lo más rápido posible, los por ellos conjurados vuelven a escapar. ¡Cómo ansían los hombres que sus disparos vayan a la lejanía, lo irreprimible, lo ameno! Las mujeres, marcadas por trazos marrones por la estancia en ellas de sus hijos, tienen que servirse a sí mismas, desnudas como en el parto de sus bebés. Los pesados vasos de vino se tambalean sobre las bandejas, y sus señores celestiales los cogen por detrás, por delante, por todas partes, los dedos van arriba y abajo, las bocas chupan entre los muslos y rompen su juguete más querido, sí, ahora descansan con todas sus fuerzas, los amantes y los muchos caballos rugientes que los han cohabitado. La obra de algunos peluqueros ha quedado destruida, se han creado nuevos desechos para las mujeres de la limpieza, y después vuelven a marcharse todos, tan desenvueltos en sus coches como en los brazos amantes de sus mujeres. ¿Quién va a avergonzarse por sentarse en el coche? Lo único que aquí no se puede comer es chocolate. A menudo esas manchas, lo único que queda de lo que nos parece lo mejor, ya no salen.

El hombre ya nunca podría desaparecer de pronto, tanto se detiene aquí, en su hermosa casa, que por la noche se viste con la oscuridad de los bosques y la arrogancia de sus habitantes. ¡Y le sienta realmente bien! Compadecer a la mujer sería un despilfarro. Los poros de su hijo son aún tan pequeños. La mujer vacila bajo la carga de su pesado destino. Si se conduce con inteligencia, aún se le puede levantar el arresto, pero no puede negar el descanso a su marido. La comida rápida podría empezar a hervir dentro de él. Nada más llegar, su bragueta parece humedecerse. La mayoría de las veces el final de los viajes de trabajo es un festejo, tiembla lo escondido, sus secreciones quieren salir al aire libre. La vida consiste en su mayor parte en que nada quiere permanecer allá donde está. ¡Así que, desea el cambio! De esta forma surge la inquietud, y la gente se visita mutuamente, pero siempre tiene que cargar consigo misma. Bien dispuestos sirvientes, esperan sus salchichas de sexo y dan con los cubiertos en la mesa para que se les sirva más rápido un agujero en el que poder escurrirse, sólo para volver a emerger, más codiciosos aún, y solicitar hospitalidad a nuevas personas no necesitadas de ellos. Ni siquiera las secretarias quieren admitir que se sienten avergonzadas por las manos puestas a sus blusas. Ríen. Existen aquí demasiadas como para que a todas se les pueda dar suficiente comida indecente.

El hombre aparece, temprano, como la verdad desnuda, y derriba a la mujer. Le da un golpe en las posaderas, según viene desde lejos. Los tubos entrechocan ya en la borda del cuarto de baño, el revestimiento del desagüe tiembla. Los tarros se mecen, brillando a lo lejos. Se oye el silencio, que en la fusta del hombre ha durado toda la noche. Entonces habla, y no hay nada que pueda disuadirle. A ras de tierra está la mujer, cansada de un largo camino a través de la noche, y su ojal va a ser ampliado ahora. Hace tiempo que se ha convertido en algo tan íntimo como una laminadora, porque incluso delante de los socios se fanfarronea con ella a lo largo y a lo ancho, las sucias salvas verbales del director se proyectan hacia lo alto en breves y rotundas ascensiones a pulso. Y los subordinados callan, desconcertados. El director se controla, ya nos veremos. El director hurga en el bolsillo de ese cuerpo que le pertenece, los amantes están juntos, no falta nada. Este hombre es amigo de soltar la lengua, y siempre suelta a la mujer. Por eso le es imposible contenerse más tiempo, a este silencioso abrelatas, como la planta, que busca desvalida la luz tan pronto se apaga. El niño toca ya muy bien y disciplinadamente. ¡Cómo tocará el violín este niño cuando, siguiendo el modelo de papá en el pasaporte, se haya convertido en padre y esposo! El niño ya no se acuerda de la larga y molesta lactancia, pero todas sus exigencias siguen siendo satisfechas como entonces. Tanto tiempo se ha volcado la mujer en su hijo, y ¿qué se desprende de ello? Que hay que tener resistencia, el cielo se muestra en la figura de una colina, para subir a la cual hay que pagar un buen precio.

No, esta mujer no se equivoca, hace mucho que ha perdido a este niño, hasta que madure, y entonces se habrá ido. Y el padre la arrastra con violencia a la luz, tiene que abrirse para el tren expreso que se oye pitar. Todos los días lo mismo, cuando hasta los paisajes cambian, aunque sólo sea por aburrimiento, debido a las estaciones. La mujer se queda quieta como la taza de un retrete, para que el hombre pueda hacer su gestión dentro de ella. Él le aprieta la cabeza en la bañera, y le amenaza, con la mano enredada en su pelo, diciéndole que según se acuesta así se ama. No, llora la mujer, no hay amor en ella. El hombre ya entrechoca los botones. El pijama de nylon es arremangado, se lo enrolla en torno a las orejas. En sus vísceras gimen algo así como animales prisioneros, que quieren salir con pesado paso. A la mujer se le mete en la boca el camisón de batista, claro y opaco como un candil, y la naturaleza del hombre se ve titubeante desde fuera. Su orina inocente es excretada. Justo al lado de la mujer, chapotea desde el humo oscuro del vello púbico en la bañera, directamente al lado de su mejilla doblegada. El esmalte irradia un brillo reciente. En este entorno amistoso, el rabo del hombre ha crecido rápidamente. La mujer tose mientras le abren los flancos. El abrelatas es extraído del siniestro pantalón de franela, y aparece un fluido lechoso después de que el hombre haya operado un rato, que requiere un pringón, y haya retumbado, amante, dentro de una aguzada nube de pelo. Demasiado pronto, el miembro sale a la luz desde su receptáculo. La mujer, cuyo culo, esa calle sombría, ha sido tensado al máximo, tiene que quedar por debajo del hombre. Él hace girar el timón y la obliga a mirarlo. Se vuelve furioso a su delantera, la obliga a agarrar su expirante pene, que ya empieza a temblar nuevamente, ¡porque quiere habitar dentro de ti, tiempo amado, y en usted, noche amante! Oprime el pelo de la mujer contra su derrame, lo que queda de él, y que deben ver sus inocentes ojos. Ellos, los héroes, meditan poco cuando su trabajo está hecho. La mujer es untada con esperma. Del modo que se le ha construido una hermosa casa, no se perderá a la pareja, y fuera están las pobres filas de casas de los más pobres, sacados a golpes de dentro de sus mangas y oficinas de sexo, las casas puestas a docenas a la venta, a subasta pública, a secreto incendio. Y lo que un día fue un hogar cae ahora bajo los mazos de los señores de la comunidad. A lo que un día fue un trabajo, se le arranca el corazón con violencia. Sólo de las mujeres podemos recuperar algo, en calderilla. ¿A dónde iban si no a ir ellas, las mujeres, más que con aquellos que chapotean en la fuerza y sueltan alegres los desperdicios que se les escapan como espumarajos del bocado? Sus generaciones producen productos innecesarios y sus generaciones producen problemas innecesarios. Ahora, este director ha detenido a tiempo su masa crítica. Primero aprieta el rostro de la mujer contra su producto íntimo, después la deja mirar su zona íntima. Ella no quiere refrescarse en su agudo chorro, pero tiene que hacerlo, el amor lo exige. Tiene que cuidarlo, limpiarlo con la lengua y secarlo con los cabellos. Jesús ganó esa carrera cuando fue secado por una mujer. Por último, la mujer recibe un golpe en las posaderas, para cerrárselas; burda, la mano de su señor recorre sus entrantes y salientes, su lengua le chupa la nuca, se le echa el pelo hacia la bañera, se le tira con violencia del clítoris, con lo que sus rodillas entrechocan y el culo le salta como una silla plegable, y también otras personas siguen su orden.

Bueno, ¿y qué hacemos entretanto con el niño? Él está pensando en un regalo que querría haber comprado para no haber visto nada secreto de sus enclavijados padres. En cada tienda a la que se asoma, este niño quiere un trozo de vida (de lo vivo, de las cosas buenas de la vida) recién cortado. Este niño toca las piezas más pérfidas. Ésta es la última generación, y lo último es precisamente lo bueno para ella. Pero pronto también ella se marchará, ¿cómo si no seguiríamos adelante?

El padre ha descargado un montón de esperma, la madre ha de limpiar y dejarlo todo en condiciones. Lo que no lame, tiene que recogerlo con un trapo. El director le quita los restos del vestido y la observa mientras limpia y trenza, mientras teje y cose los trozos. Primero sus pechos caen hacia delante, después oscilan ante la mujer, mientras ella pule y restaura. Él pellizca sus pezones entre el pulgar, el índice y el corazón, y los retuerce como si quisiera enroscar una bombilla de un microcosmos. Golpea con su iracundo y pesado mondongo, que por delante aparece, una clara ventana al cielo, en la abertura de sus pantalones, y por detrás contra los muslos de ella. Cuando ella se inclina, tiene que abrir las piernas. Ahora él puede coger con una mano toda su higuera, y hacer de sus dedos furiosos paseantes. Por lo demás, cuando ella mantiene cerradas las piernas él puede situarse encima de ella y orinarle en la boca. Qué, ¿que no puede? Le golpeamos la rodilla hacia arriba y damos una palmada (¡aplausos, aplausos!) en los suaves labios de su coño, que en seguida se abrirán, chasqueando levemente, y nosotros, los hombres, tendremos que dar enseguida con la jarra encima de la mesa. Si aún no puede humedecerse, tiraremos con fuerza para abajo de todo su sexo femenino cogiéndolo del pelo, hasta que ella doble las rodillas y, abierta al máximo, se hunda sobre la caja torácica del señor director. Como un bolso de mano abierto sujeta él su coño por el pelo, y se lo pasa por el rostro para poder chuparlo burdamente, un buey junto a un bloque de sal maduro, y la montaña emerge inflamada. La carga del fracaso descansa sobre los hombres. Su orina murmura algo incomprensible, y las mujeres la limpian con sus trapos absorbentes e incluso con Ajax.

La mujer bebe un resto de café frío de su empañada taza. Como para escapar, ha vuelto a cubrirse con un soplo de los panties. Nadie aquí tiene tanta suerte como ella. Sobre su cabeza cuelga la silenciosa zarpa de su Señor, para que en la jaula se sienta como en casa. Por la tarde, el director ya empieza a sonreír a la agotada, a poner rumbo a su destino. Después rompe contra ella, ¡tiene que seguir siendo el primero en esta caja de ahorros! La mujer extiende las manos hacia el vacío, donde los alimentos se echan a perder, como si quisiera despertarlo de su letargo. Así se cruzan siempre sin encontrarse, sobre el ancho riesgo de la carretera que debe abrirles la montaña rusa de su matrimonio. Esta mujer es envidiada por los habitantes del pueblo, qué bien se viste. Y la suciedad de su casa la recoge una mujer contratada para limpiar en el catálogo de habitantes, que sin embargo sólo quieren vivir como hermanos. El niño ha nacido bastante tarde, pero no tan tarde como para no poder convertirse en un quejoso adulto. El hombre grita en su placer, y la voz de la mujer se pega a él, para que pueda cimbrear su vara y comprar caprichos caros para la casa. Un equipo nuevo para poder emplearlo en las estaciones en que ambos van a frotar su bendito sexo. Pero nadie puede hacer magia. Cuando el hombre despierta de su embriaguez, se inclina enseguida a complacer a la mujer. Tiene buen carácter. Sí, él paga, ha pagado todo lo que usted ve aquí reproducido en colores. ¡Seque sus mejillas!

Por la noche, sus platos darán refugio a los exiliados. Las comidas serán presentadas fugazmente unas a otras, y pronto deberán mezclarse amigablemente dentro de los cuerpos. ¡Y cómo ocurre eso bajo algunos techos! La comida no es importante en esta casa; para el hombre tiene que ser mucha, para que su fuerza descienda y ceda sonriente. Embutido y queso por la noche, vino, cerveza y aguardiente. Y leche, para que el niño esté protegido. He aquí la guarnición de la leyenda de que la clase media está asegurada por abajo y bajo la protección de la Naturaleza (bajo la protección de la Naturaleza) por arriba. Y sin duda los que están debajo la protegen de caer en el vacío.

Ya muy temprano, el hombre se ha aliviado. Grandes montones se forman debajo de él, y aún se ha echado mucho más al tenedor y al hombro. Chapotea con su orina. Se oye en todas partes, bajo su techo, cómo choca con su pesado pene en las áreas de descanso de su mujer, donde puede por fin vaciarse. Aliviado de su producto, se vuelve a los seres más pequeños, que bajo su dirección producen su propio producto. El papel que han hecho les es ajeno, y tampoco podrá durar mucho tiempo mientras su director se revuelque gritando bajo los empujones de su sexo, con el que está emparentado. La competencia presiona contra las paredes, se trata de conocer sus trucos por anticipado, de lo contrario habría nuevamente que despedir y liberar de su existencia a un par de benditos. Así pisa este hombre en la naturaleza, y se echa a la espalda su responsabilidad para tener las manos libres. Exige de su mujer que le deje reinar y que le regenere, que le espere desnuda bajo el manto de su casa cuando recorra expresamente los veinte kilómetros que hay de la oficina a casa. El niño será enviado fuera. Al subir al autobús escolar, ha tropezado con su equipo deportivo y se lo ha clavado.

La mujer despierta agitada en el cálido envoltorio de silencio en que se ha refugiado. Recoge todo lo que el niño ha soltado rápidamente antes de irse. El resto lo recogerá la limpiadora, que ya ha visto y recogido mucho del suelo en esta casa. Cuando el niño era pequeño, su madre iba a veces con él al supermercado, y era amablemente conducida por el jefe en persona a lo largo de la cola de las amas de casa que esperaban. El niño se sentaba en el carrito de compra, que se parece un tanto al seno materno, ¡y qué a gusto estaba allí! A menudo los coches veloces tienen grandes defectos, y sin embargo son más apreciados que la propia familia por los recién cumplidos mayores de edad, que, aferrándose a ellos hasta la muerte, huyen de los padres y de la casa paterna. ¡Y esos mágicos dispositivos magnéticos de seguridad de los nuevos vestidos, oh, si el hombre también los tuviera! Para no desbordarse cuando admira las expectativas que no tiene. El sexo debe ser protegido de las enfermedades como la mujer del mundo, para que no mire incautamente por la ventana y vague por la vida y quiera dejar vagar su vida. Sí, pero sólo los vestidos son protegidos por los grandes almacenes. Suena una alarma cuando alguien, eterno viajero, cruza la barrera sin permiso con ellos, para echar un vistazo al silencioso reino de los muertos y los cafés. Así que preferimos ir a pie y mal vestidos dentro de nuestros sexos, y alojarnos allí entre nuestros propios desechos; por lo menos aguantamos como ningún otro vehículo en nuestro pequeño parque móvil. Así mantenemos la vida eternamente en marcha, hacia donde vaya y hacia donde nosotros mismos seamos llevados y arrastrados por un rostro amable, en el que vemos horriblemente reflejado el nuestro.

Esta mujer se compró la semana pasada un traje pantalón en la *boutique*. Sonríe como si tuviera algo que ocultar, aunque sólo tiene el mudo reino de su cuerpo. Oculta en el armario tres jerséis nuevos, para no dar ocasión al equívoco de que con su surco sangriento quiere prepararse un nuevo mes de goces. Pero ella sólo recoge la benévola fruta del dinero del árbol de su esposo. Ninguna hojarasca acolcha ya los árboles. El hombre controla su cuenta, y ya miles de árboles que bramaban al viento han caído víctimas de su hacha. ¡A la mujer se le da el dinero para la casa y más! Él no cree en realidad que deba pagar por el cómodo columpio en el que él, un muchacho satisfecho, deja descansar su tallo y se puede estirar. Ella está bajo la protección del sagrado nombre de su familia, y bajo el paraguas de sus cuentas, de las que él le informa regularmente. Ella debe saber lo que tiene. Y viceversa él sabe de su jardín que, siempre abierto, es magníficamente adecuado para hozar y gruñir como un cerdo. Lo que es de uno hay que utilizarlo, ¿para qué lo tenemos si no?

Apenas la mujer se queda sola, se viste su séquito de dinero, valores e inflación y se va a pasear un rato con sus garantías bien atornilladas. Como una sombra se desliza por el mar la multitud que produce el papel sobre el que baila el barquito de su vida. ¡Sí, el mar, que gusta de enterrarnos también en vida! Porque detrás espera la multitud de los estúpidos parados, a la espera de su oportunidad, de que alguien siga por fin su rastro. ¿Y nosotros? ¿Queremos seguir volando? Para eso tenemos que ascender, nueve veces astutos, y dejarnos caer, porque: ¡Al que madruga Dios le ayuda! La mujer se pone la mano, el vestido multiuso ante los ojos. Pronto el hombre y el niño tendrán que ser nuevamente cubiertos de alimentos. ¿Qué pasará esta noche, cuando el hombre salga de la cadena de montaje, compacto, recargado y nuevo, en vez de parar? Él se ha criado en su botella de vida, cuidadosa, como una madre. Y por la noche quiere salir. Burbujea. Esta noche, casi lo habíamos olvidado, es el momento previsto por la Ley, y la mujer espera con su paño absorbente para recoger todo lo que el hombre ha producido a lo largo del día. Y los otros hombres desaparecen en la sombra, y entierran vivas sus esperanzas.

Este paisaje es bastante grande, hay que decirlo, una cadena floja en torno a nuestro destino nebuloso. Dos muchachos se persiguen en motocicletas, pero la nieve pone rápidamente fin a su carrera. Tropiezan y caen. La mujer ríe con dureza. Por lo menos una vez le gustaría avanzar decididamente. Hoy su marido ha triunfado en su cuerpo como si hubiera venido con alguien. ¡Espere un poco hasta la noche, hasta entrar en el circuito! Ahora el hombre ha llevado a su despacho un contrapeso de acero, más o menos del tamaño de un teléfono. Escupiendo a su paso lava volcánica, camina hasta el sillón de su escritorio, desde el que administra los destinos, ante una pantalla en la que se organiza una competición de esquí. También ama el deporte, el niño lo ha aprendido de él. La gente se mecería pacientemente en sus camas si el movimiento no viniera de la pantalla, y a veces incluso de sus propios pies y corazones. Al hombre se le pegan a la piel hasta los cabellos más finos cuando acelera por la carretera general. Va rapidísimo. Su voz retumba, como es costumbre en el país, cuando llama a alguien. El coro tendrá que actuar pronto.

El domingo van a la iglesia, como muestra de la vida social que reina en el ejército. Después se llenan de sus estanterías empotradas, en las que coexisten alegre, libremente, libros y recuerdos de su esclavitud. Tampoco el médico y el farmacéutico dejan de ir a visitar al Papa y a la madre de Dios. A nadie envidian su trabajo; entran al mesón, salidos de escuelas inferiores, cuidadosos y bien cuidados. Allí se quedan un rato, y se animan mutuamente. El médico envidia al farmacéutico la farmacia, que él con gusto rentabilizaría. El farmacéutico ve a la gente recién salida del médico y mal de la tensión. Libérrimo, reparte sus preparados entre los desempleados de la comarca, para que recuperen la alegría y jueguen complacidos ante sus casas con los dedos de los pies. Sus mujeres se han encargado de la comida y se ofrecen siempre en abundancia. No se dejan tachar de la carta. Para que a los hombres no les falte de nada y no puedan ser echados en falta por los capataces de la Nada. Algunos emigran cuando apenas se habían acostumbrado a nosotros.

La mujer del director pone varias veces al día —en eso recuerda la pulsión de la empleada de banca (cada día un vestido nuevo)— unos visillos recién lavados, unos estores, entre ella y las cabezas ansiosas de las mujeres del pueblo, en el que vive más segura que en su propio salón. El director habla con su hijo, que da saltitos indignado para que le dejen ir después a casa de un amigo. ¡Este niño no está autorizado para elegir sus amigos a satisfacción, porque los padres de sus amigos comen SU pan! Este niño vaga por el mundo y dirige a los otros como a sus coches de juguete. La madre acompaña al piano todo lo que encuentra, y fuera se bajan al pecho cabezas desalentadas. Se han comprado lo que han visto con ojos mayores que su apetito, y ahora el pueblo disfruta con las subastas de los edificios surgidos con demasiada ligereza sobre el suelo llano. Envueltos en delicada estima, lavados como delicada lana, están ante los mostradores del banco, tras los cuales beatíficos niños juegan con sus blusas blancas y con dinero ajeno, y vacían su destino y el de sus viviendas del sobre de la nómina al ancho caudal de los intereses. El director del banco mira hacia abajo, y le da vértigo ver cómo a la gente le dan vértigo sus ingresos, con los que no tendrían que entregar las casitas que se han construido. Lo que antaño habían amado, él tiene que quitárselo, tan cerca de la meta. Él, que no es un monstruo, ve en espíritu todo su padecimiento cuando se asoma a su ventana. En este helado lugar, los pobres se pelean. Retumban los aparatos de matanza y las escopetas de caza (con agua en los siseantes cañones). Las sogas se enredan en torno al juego de la vida. Se jalean, contentos como peces, los bancos Raiffeisen,* que administran y ven administrar el dinero de los habitantes del pueblo. Se trata de una eterna fiesta campesina para las cooperativas agrícolas, que no quieren conocer al individuo concreto al que ahogan en productos lácteos pasados de fecha y queso envenenado. Hasta al más pequeño de sus miembros le sacan las niñas de los ojos y el negro de debajo de las uñas. Hasta que uno se sale de sus casillas y, como asesino, revolotea chillando en torno al nido con la familia muerta. ¿Cómo quería él, un recipiente tan pequeño, abarcar todo eso? Sólo un periódico de pequeño formato osa, por un par de chelines de nuestra raquítica bolsa, ocuparse de la intensa vida de aquellos a quienes ha ocurrido algo terrible.

Lo que se ve por la ventana es con frecuencia hermoso, esta doncella naturaleza. El hombre, funcionario has-

* Gran barco alemán. (N. del T.)

ta en el goce, cede a una necesidad humana, ¡no confundir con la desagradable necesidad de un ser humano! El director yace como un paisaje, pero animado por el espíritu de la inquietud. Ha untado de manera uniforme su queso fundido, y, ¿qué ve en el rostro de su esposa? ¿El rostro humano de su dictadura? La mujer parece como borrada dentro de la ropa excitante recién comprada, con la que se mueve, obediente a sus deseos, como en un nuevo orden espacial. El dinero juega con las personas. A veces, en un momento de lucidez, los remordimientos atrapan al director, y esconde su gran rostro en el regazo de la mujer. Enseguida vuelve a golpearle la cabeza contra el sucio borde de la bañera y mira si el camino recién despejado llega hasta su oscura puertecilla, tras de la cual ella misma se sienta en su regazo y se mece, una mujer viciada en la que se puede hojear tranquilamente hasta el final feliz. ¿Cómo iban a vivir los parados en el mundo si no tuvieran de modelo semejantes novelas baratas?

Este director, que habla en calma a su plantilla y hace que le canten canciones, prefiere lanzar su ración de producto al vientre de la mujer durante el día, a plena luz. Gusta de ver a su salud mientras crece. La mujer implora que por lo menos delante de su hijo, ese animal incultivado que hasta el último momento podría lanzarse sin previo aviso desde su esquina del *ring,* se tenga algo de precaución. En silencio, en el momento oportuno aparece el hijo, su semilla, mira un poco a los padres mientras comen (cómo se abrazan a los platos del rico y limpio *buffet* de ella) y vuelve a desaparecer para atormentar a los niños vecinos, que tienen que crecer sin paraísos artísticos y artificiales, con sus artefactos deportivos y su charla de deportes. Bajo el sol, el niño ha madurado como la fruta. Su padre, desde el punto de vista de ella, se sumerge en la madre con una sana cabecita. Las palabras no bastan para explicarlo. Queremos ver hechos, y para ello tenemos que pagar a la entrada del establecimiento y dejar en depósito nuestras necesidades, que susurran de continuo como agua.

Cuando las casas pequeñas tienen que irse pronto a dormir, en las grandes sigue reinando la vida y la electricidad entre los sexos. Y, si hablamos de agua, el agua corre por sus cuerpos. Estamos en casa, en privado, porque tampoco en público tenemos que avergonzarnos. Si ellos, los amantes, se han encontrado, se columpian felices en las bebidas que brotan de sus botellas con etiquetas doradas y se encuentran en sí como en casa. Encuentran el descanso el uno en el otro, tras haber excitado sus partes sexuales, y son uno y lo único para ellos. Se han quitado el polvo, y mientras a su alrededor los pobres mueren, los mejores renuevan cada día su mudo derecho sobre sí mismos y disfrutan el uno del otro. Han ahorrado fuerzas suficientes en sus huchas y pantalones y corazones, para poder morder con fuerza el melocotón que tan hermoso acaba de florecer. Todo les pertenece, y hasta el sueño les regala tras sus pestañas cerradas, ya que así no se ven sus ávidas miradas. No pueden pasar inadvertidos al amado, y así cada día se lanzan a la calle a cosechar nuevos trastos y cuentas y, tambaleándose con todo el aparato que han visto a los riquísimos, a los que van más allá de todo, se vuelven ajenos y cada día recientes y nuevos para el ser amado, que son, que tienen y que quieren retener. Los débiles en cambio viven uno al lado del otro, en vez de juntos, porque son lo que no quieren ser, y creen aún que en ningún sitio pueden vivir mejor, y sólo están acostumbrados a su propia comida. Por lo demás tampoco consiguen nada que comer, y son despertados antes de tiempo. Ni uno de más cae víctima de su trabajo. Se bastan a sí mismos, ¡pero queremos más! ¡Un fusil de asalto! Salir a la luz, y si tenemos que encender nuestras linternas, y su luz llega justo para dos personas desde el fino y lejano rebaño: ¡Ésas tenemos que ser precisamente nosotros!

3

En jugoso silencio, el hombre desliza la imagen de su mujer en el visor del observador. Estremeciéndose, los bosques se acercan a la casa, en la que las imágenes del vídeo, un hatajo de machos con su carga, pasan por la pantalla ante los testigos. En la imagen, las mujeres son arrastradas por sus cadenas, sólo sus hábitos cotidianos son más despiadados. La mirada de la mujer se tiende sobre las imágenes que tiene que ver cada día con su marido, antes de ser vista ella misma. En absoluto agotado por su, para él, responsable trabajo, el director está en su salsa, y chupa sus pezones y sus rincones, pide a gritos el comienzo de la noche y de la sesión nocturna. Así reverdecen también las imágenes vivientes en las faldas de la montaña, y los escaladores las pisan con sus fuertes zapatos.

La insospechada entrada del niño amenaza con convertirse casi en una tragedia comparable al clima local. Directo y radiante como un cohete portador, el niño se dispara dentro de la habitación, donde la pantalla susurra y arroja sus desechos al local. Con sus ojos inocentes, llega a captar aún los cuerpos apasionados cuando, abiertos como abismos heridos, se visitan mutuamente, y los hombres, con sus pesados aparatos creadores, artesanos de su placer, se apagan en el interior de la mujer. Sólo sus cuerpos y cabezas quedan fuera, e inventan nuevos claustros maternos de cristal para mirar en su interior. De inmediato el padre se apea de la madre, después de, ventoseando con su burdo motor, poner la marcha atrás y hacer un viraje sobre la alfombra. El niño aparenta no haber comprendido nada, aunque él mismo es un consumidor, que ya elige y goza. Como hojas se mueven en la memoria sus necesidades, viciado está su gusto por las inmortales imágenes de los catálogos de las tiendas deportivas, que invitan a los ciudadanos a brindar, ¡salud! Todo les pertenece, a él y a sus queridos padres, a los que a su vez pertenece el niño. La madre se tapa torpemente, como con heno. El niño ya ha aprendido a mentar a su malvado padre, pero al fin y al cabo es papá el que compra las cestas de juguetes, los sacos gruesos, y mantiene sujeto al hijo con un cordón de oro. Como si no hubiera visto en el sofá la naturaleza también encadenada de su madre, lee a los padres una lista de deseos llena de objetos en competición los unos con los otros. ¡Con ellos se puede correr sobre arena, grava, piedra, agua, hielo, nieve o una alfombra persa! Y hay que comprarlo para poder mirar hacia casa desde lejos. La mujer se queda abstraída en sus esposas. Agita las piernas y dirige la vista hacia la incertidumbre de su hijo, ¿qué será de él? ¿Una joven águila que se aferre a un utilitario? ¿Que destroce a picotazos el pecho de un hombre? ¿Que se pueda dejar ganar en el *slalom* hecho detrás de la casa, para su diversión y para que la gente se acostumbre a los caminos extraviados? Todo lo que este niño y este hombre desean es peligroso a su manera. La madre intenta con los dientes echar un cobertor sobre sus desnudos pezones, que el padre acaba de morder. Las imágenes de la pantalla son bruscamente forzadas al silencio. El niño ha entrado. El niño desea un trineo a motor, lo que en esta región está prohibido por el Estado. El cliente tiene un deseo: la mujer tiene que tener el correspondiente aspecto.

En todo momento, incluso durante las horas de oficina, el director quiere poder llamar a casa para constatar si se piensa en él. Es implacable como la muerte. Espera de su mujer que siempre esté dispuesta a sacarse el corazón, ponérselo en la lengua como una hostia y demostrar que también el resto del cuerpo está listo para su Señor. Para eso la lleva de la rienda y la somete al escrutinio de sus lentes bajo las cejas. Lo ve todo y tiene derecho a mirar, porque agudo florece su rabo en su erizado parterre, y los besos se hinchan en sus labios. Pero primero tiene que verlo todo, para que se le abra el apetito. También se come con los ojos, y nada queda oculto, excepto, a los ojos temerosos de los muertos, el cielo que en última instancia habían esperado. Por eso el hombre quiere preparar a su mujer el cielo en la tierra, y a veces ella prepara la comida. Se le puede exigir, con gusto y por las buenas, su famosa tarta de Linz tres veces por semana, y el hombre puede honrar también a los famosos muertos de Linz, en el cuarto de atrás de la taberna, donde los hombres celebran el don que la Historia tiene de poder repetirse en todo momento, y miran en su bola de cristal qué será lo próximo que vendrá del Gobierno.

El director es tan grande que es imposible circundarlo en un solo día. Este hombre está abierto a los cuatro vientos, pero sobre todo hacia arriba, de donde vienen la lluvia y la nieve. A nadie tiene por encima de sí, salvo al consorcio matriz, del que no hay quien pueda protegerse. Pero por el lado cortante de la mujer puede tranquilamente abrir su grifo y aspersar. La mujer se contorsiona como un pez, porque tiene las manos atadas, mientras el hombre le hace cosquillas y le pincha un poco con agujas.

Él escucha su interior, donde ha escondido sus sentimientos. Palabras como hojas caen del vídeo en la pantalla y van a parar al suelo ante esta Humanidad uniperso-
nal. Desconcertadamente protectora, la mujer mira un
tiesto desfalleciente en el alféizar de la ventana. También
el hombre habla ahora, tosco como el buen corazón de la
fruta. No tiene pelos en la lengua. Y mientras salen sus
aires y jugos, habla sin cesar de sus acciones y su no poder parar y se abre, con garras salvajes y dóciles dientes,
camino hacia el lugar de paso, para poder añadir su mos-
taza a su salchicha. El sexo de una mujer un bosque que
le devuelve un eco iracundo.

Recientemente, también ha prohibido lavarse a su mujer, Gerti, porque también su olor le pertenece por entero.
Rabia en su pequeño rincón del bosque. Irrumpe con su
duro trozo de pan en los aparcamientos de ella, de tal
modo que a menudo están inflamados, irritados y cerrados a cal y canto. Desde que ya no osa atraer a alegres y
ávidos desconocidos mediante anuncios de intercambio de
parejas, se ha convertido para sí mismo en el preferido
de los vientos que entran bajo la falda de su esposa. Como
un hilo conductor, esta mujer debe arrastrar tras de sí sus
olores a sudor, pises y mierda, y él controla si el arroyo se
mantiene obediente en su lecho cuando él lo exige. Este vi-
viente montón de desperdicios, en el que escarban gusanos
y ratas. Tronando se arroja sobre él y marca su ritmo que rápidamente le lleva al otro extremo, donde se encuentra en
casa y quiere volver a sentirse cómodo e incluso deja pasar
alguna o hace saltar un pez. Lee los periódicos. Arranca a
la mujer de la ciénaga de su almohada y la abre enseguida
violentamente. Y hoy tiene sentado en el sofá todo su
agradable ser, para jugar con sus pezones y para temblar
ante lo que sus venas han vuelto a hacer con su miembro.

Le gusta que esta mujer, la mejor educada del lugar, tenga que andar envuelta en su propia suciedad. La golpea furioso en la cabeza. En la transustanciación, él ha hecho adaptar su cuerpo a sus dimensiones. Es un recipiente destinado a ser vaciado, y también él se vuelve a llenar por la noche una y otra vez, esta tienda de autoservicio, esta tienda para niños donde uno se puede echar sin problemas al lado estrecho. Con la llave del portal, se adquiere el derecho a la ración diaria, y se puede tirar del clítoris o cerrar de golpe la puerta del water; la patria católico-romana se pliega, pero hace que la gente vaya a los centros de planificación familiar y se case. Y la casa tiene que encender las luces de SOS mientras la mujer es utilizada. Después se descorchará una botella escogida, y en la pantalla se podrán ver escogidos retozones que se sientan mutuamente frente a sus órganos sexuales, miran, tiran del picaporte y se vierten con retroespasmos. ¡Sí, estamos ansiosos de ver, pero otros nos miran y mastican barritas saladas o las gruesas salchichas de los señores o las gruesas chichas de las damas!

Quiza mañana el niño estará alojado con los vecinos, que tienen una casa parecida, pero menos. El hombre quiere llevar su salvaje carreta a la mierda de la mujer, que se aferra a la técnica respiratoria y se lanza rápidamente a un lado para eludir su rabo que penetra crujiendo en el monte bajo de sus bragas. Su cuerpo ha dominado ya, con canciones y música, las gentes más variadas, las ha modelado en pequeñas porciones y congelado para más adelante, cuando sean necesarias en el mercado de trabajo o en el coro de las Leyes del mercado. La Luna brilla, las estrellas también aparecen todas, y la pesada máquina del hombre viene a casa desde lejos, divide el surco que ha abierto con sus dientes, hace saltar como espuma por los aires la hierba cortada y la empapa.

4

La mujer salta al viento, remando torpemente con su cuerpo. Se ha hecho carne y habitado entre nosotros. Servir al apetito en todos los aspectos ha sido el lema de su taberna: dejarse consumir por el hombre, por el niño, abandonada en sus suaves riendas. Intenta así coger de vez en cuando aire dentro de su red. Se echa el pijama por encima y empieza a recorrer, en zapatillas, el camino nevado.

Antes, aún tiene que meter al armario las tazas e instrumentos, por si acaso. Se pone bajo el agua corriente y frota los restos de su familia de porcelana. Así se conserva la mujer, en sus ingredientes, de los que está hecha. Lo ordena todo, hasta su propia ropa, por tamaños. Se ríe, avergonzada. Pero no tiene gracia. Amontona orden sobre las bendiciones de que disfruta. No le queda nada. De las ensangrentadas plumas de pájaro sobre su camino ya no se ven muchas, porque también un animal tiene que comer. Sobre la nieve queda una película fuliginosa, que desaparecerá en pocas horas.

El hombre entra en su despacho, satisfecho bajo la pantalla de su braqueta. Se airea. Habla de la figura de su mujer, sin indicar primero que está en el uso de la palabra. Cállese, ahora son sus obras las que hablan por él, para ello se ha hecho expresamente un coro de muchas voces. ¡No, no tiene miedo al futuro, su bolsa cuelga de él mismo!

La mujer siente cómo la nieve penetra lentamente en su espacio y su tiempo. La primavera aún tardará en venir. Hoy la naturaleza no consigue siquiera parecer recién pintada. La suciedad se pega a los árboles. Un perro pasa corriendo delante de ella, cojea. Hacia ella vienen mujeres desgastadas como si hubieran pasado años en una caja de cartón. Como si se hubieran despertado en una hermosa casa, las mujeres miran a esta congénere de aspecto tan singular, porque siempre se singulariza. La fábrica da trabajo a muchos de sus maridos, cómo no. Inconscientes antes de tiempo, preferirían pasarlo con muchos dobles de vino antes que con su propia familia. La mujer vuela delante de ellas, se adentra en la oscuridad, ¡y ni siquiera se ha puesto zapatos para la nieve! Entretanto, el niño reposa en algún lugar, mientras muchos de su especie se apresuran. Ha rechazado la comida recién hecha, con palabras que golpean sobre las heridas abiertas de la madre, y ha cogido un sándwich de la despensa. La madre ha pasado gran parte de la mañana rallando zanahorias, en beneficio de los ojos del niño. Ella misma hace la comida de su hijo. Después, ante el cubo de la basura, un torcido troncho de persona, se ha lanzado sobre la ración del niño. La ha sacado de sus casillas. Su sentido del humor se ha quedado pequeño. De la valla junto al arroyo cuelgan los chuzos, la capital está muy cerca, si se toma como medida el coche del hombre. El valle se abre amplio, muchos en él no tienen empleo. Los demás, que también tienen que meterse en alguna parte (en los sótanos de su existencia), van cada día a la fábrica de papel y más allá, ¡mucho más! Allá arriba, en aquella montaña, he estado mil veces con mi rebaño. La boca de la mujer se congela, pequeña, como un murmullo de hielo. Se aferra a la madera de la balaustrada, cubierta de escarcha. El arroyo está completamente tapado por ambos lados, el hielo le golpea ya los hombros. La Creación gime bajo las cadenas de las leyes de la Naturaleza. Se oye reír débilmente. Igual que el deshielo hará saltar las barreras de la buena vida que llevamos todos, de forma que tendremos que saltar los unos sobre los otros, así la Muerte pensará quizá en poner fin al mundo de esta mujer. Pero no vamos a personalizar ahora. Crujiendo se consumen las ruedas de un coche pequeño en la dura nieve. De donde viene, está más en su casa que su propietario. ¿Qué sería el trabajador pendular sin él? Un montón de estiércol, porque cuando va con otros en el departamento del tren de cercanías no es más que mierda, piensa su representación parlamentaria. La masa hace que nuestras fábricas no se derrumben, porque son apuntaladas desde dentro por montones de personas que intentan eliminar lo social de su estructura. Y los parados, que forman un sombrío ejército de nulos, a los que no hay que temer porque a pesar de todo votan a la Democracia Cristiana. El señor director es de carne y lleno de sangre, y come mucho de eso, porque señoras con delantal de cocina se lo sirven.

Se aconseja no coger el vehículo privado con este tiempo, ¡de lo contrario no podrían llegar al trabajo demasiado tarde! A este ritmo recorren las calles los coches esparcidores de sal, y dejan a sus espaldas su producto. La mujer sólo puede contar consigo misma. Y una cosa más, oiga: ¡No saque sin necesidad el vehículo averiado del garaje! A usted como persona tampoco le gustaría que se lo hicieran.

Aullando, los niños pasan silbando en los trineos de plástico de su cumpleaños, que se les pegan a la piel o vuelan por encima de sus cabezas, sobre la nieve que ellos han alisado expresamente, hacia el valle. Malhumorados, los mayores vuelven la espalda y bambolean billetes del telesilla sobre sus chubasqueros guateados, la velocidad tampoco es cosa de brujas. Braman como estaciones. La mujer se asusta al verlos. Se aprieta espantada contra los taludes que el quitanieves ha dejado a su paso. Crujiendo ruedan ante ella vehículos con su cargamento de familias, un penoso montón de golpes. Encima, las lonas se aprietan contra la baca del coche, para sujetar el odio de los ocupantes. Los cacharros se mantienen a la defensiva, como ametralladoras. Se abren camino por entre los muchos otros recipientes para personas, porque merecen un sitio mejor. Así piensa todo el mundo, y lo muestra con gestos sucios desde la ventana.

¡El deporte, esa fortaleza del hombre pequeño, desde la que puede disparar!

Realmente todo el mundo puede permitirse romperse un pie o los dos brazos, ¡créame! Aun así, no puede usted por menos que calificar a estas personas como personas dependientes cuando suben la ladera de la montaña, en la que resbalan y en la que encima se sienten bien. Pero ¿dependientes de qué? De sus propias imágenes, que nunca curan, las que se les enseña cada día, como si no fueran más que auxiliares de la realidad, sólo que más grandes, más hermosas, más rápidas. Así, golpeados por la divisoria de aguas de la televisión, caen al otro lado, entre los pequeños, sobre la colina de los idiotas. ¡Ay! Nunca toman la palabra en discusiones, y si lo hacen, pierden de inmediato con alguien que ha sido cargado como experto sobre el camión de sus preocupaciones. Y el Altísimo, que ha estudiado nuestras tablas de rendimiento, es sordo a sus lamentos por una casa propia, qué se necesita para poder ensuciar el deporte, esa elevada idea olímpica, ya desde la puerta de entrada.

La mujer resbala a cada paso. Rostros sonrientes la señalan sin ruido desde las ventanillas de los coches. El conductor pone en peligro su vida, inclinado sobre su posesión. La nieve cae en abundancia para todos. Pero resbalan de distinta manera, como distintas son las personas mismas. Unos se las arreglan mejor, otros querrían ser los que mejor se las arreglaran. ¿Dónde está el funicular para todos los grados de dificultad, para que rápidamente lleguemos a más? ¡Lo que antes vivía fláccido en su estuche, se vuelve de inmediato firme al salir al aire, pero más pequeño a cambio, oh, Alpes de firme construcción!

La mujer sale de la cubierta de sus circunstancias. Aprieta con desazón su pijama contra el cuerpo. Se palmea con las manos. Algunos de los niños que oye gritar a lo lejos acaban de salir de su bien montado grupo de baile y ritmo, que se reúne todas las semanas. Los niños son criados como *hobby* de esta mujer. Al fin y al cabo, tenemos suficiente sitio y amor para el niño, que debe aprender a batir palmas con ritmo. En el colegio, le será de ayuda para asentir o levantarse rítmicamente cuando sea el momento de la oración. Su hijo está entre ellos, demuestra con cada grito que cuelga sobre los otros como un dedo sucio. De cada bocadillo ha de ser el primero en morder, porque cada niño tiene un padre, y cada padre tiene que ganar dinero. Sobre sus estrechos esquíes, aterroriza a los niños pequeños en sus trineos. Es la última edición de un astro brillante, que tiene la osadía de salir nuevamente cada día, pero siempre con una vestimenta nueva. Nadie se le resiste, sólo su espalda tiene que tragar muchas muecas ocultas y desperdiciadas. Ya se ve como una formulación de su padre. La mujer no se engaña, levanta vagamente la mano hacia el hijo lejano, que ha reconocido por la voz. Él adapta a los otros niños a su medida. Los corta con palabras, como el viento al paisaje, y los convierte en mugrientas colinas.

La mujer traza signos con la mano en el aire. No tiene que ganarse la vida, es mantenida por su marido. Cuando él vuelve del trabajo a casa y se ha ganado, al final del día, poner su rúbrica sobre ella. ¡Este niño no es casualidad! ¡El niño le pertenece a él! Ahora ya no ve a la Muerte.

Con amor contenido, busca a su hijo entre el montón de niños. Él grita incansable. ¿Salió ya así de su seno? ¿O, para decirlo con palabras de su padre celestial, sólo por los desvíos (las represiones) del arte ha sido convertido en otro distinto del que cada uno es a esta edad? Este niño reclama de los que piensan de otra manera derechos tan amplios como Tratados de Estado, perpetúa la fórmula de su padre: ¡Saca más de ti! ¡Muy bien! ¡Una erección! De esta imagen se reviste el hombre, para poder mirarse al espejo en todo momento. Y el niño, hecho de un ser que hace mucho que ha caído tras él, como escoria (la campana de su madre), pronto, en unos años, se proyectará hacia el cielo, donde los pequeños ya son esperados para merendar.

El niño pasa a través de cámaras y camaradas como por apacibles puertas.

El frío se ha metido en los pies de la mujer. No merece la pena hablar de las suelas de sus zapatos, pero ella misma no suele hablar mucho. Estas chanclas no bastan para separarla del hielo del mundo. Se mete en él. Debe tener cuidado, deslizarse en vez de ser perseguida por otros, ¡tiene que ser una broma! No significa otra cosa que los sexos con sus cabezas doradas, más mal que bien, se desplieguen delante de los muebles, los únicos testigos de sus capacidades. ¿Y si un día fueran arrojados con desprecio de las cumbres de sus deseos? La mujer se aferra a la balaustrada, pero avanza muy bien. Los víveres son arrastrados en torno hacia las casas, porque para las familias la comida es un punto vital. De los dientes de las mujeres salpican los copos de avena, me parece que tienen miedo a lo que los caros ingredientes puedan hacer juntos en la sartén. Y los hombres se manifiestan delante de sus platos. Los parados, en su alejamiento de todas las condiciones que Dios ha querido y bendecido con la alianza del matrimonio, apenas pueden permitirse vivir, pero ya no tienen permiso para experimentar nada más, en el campo de deportes, en el cine con una hermosa película o en el café con una mujer hermosa. Sólo la utilización de su propia familia es gratis. Así uno se delimita del otro mediante su sexo, que la naturaleza no puede haber querido en esta forma. Y así la Naturaleza se comparte con nosotros, para que comamos sus productos y seamos comidos por los propietarios de las fábricas y bancos. Los intereses nos devoran el cabello. Tan sólo lo que el agua hace no lo sabe nadie. Pero lo que hemos hecho con el agua se ve enseguida, después de que la fábrica de celulosa se ha vaciado en el arroyo, que corre sin descanso. Él llevará su veneno a cualquier otra parte, donde gusten de comer pescado. Las mujeres meten la cabeza en las bolsas de la compra, en las que han metido el dinero del paro. Han sido bien engañadas por el supermercado, que les transmite las ofertas especiales. ¡Ellas mismas fueron un día ofertas especiales! Y los hombres fueron escogidos por su valor. ¡Valen más de lo que creen en la oficina de empleo! Sentarse a la mesa de la cocina, beber cerveza y jugar a las cartas: ni un perro sería tan paciente, atado por las magníficas tiendas, con los productos que se burlan de nosotros.

Nada se pierde, el Estado trabaja con lo que nosotros no vemos. ¿Adónde va nuestro dinero cuando por fin nos hemos librado de él? Las manos se sienten cálidas sobre los billetes, las monedas se funden en el puño, que sin embargo tiene que separarse de ellas. El tiempo debería detenerse a primeros de mes, para que pudiéramos mirar un poco más nuestro caliente montoncillo de dinero, que apesta y exhala el vapor de nuestro trabajo, antes de meterlo en nuestras cuentas para que haga crecer babosamente nuestras necesidades. Lo mejor es reposar en nuestro cálido y dorado estiércol. Pero el amor inquieto ya mira en torno nuestro, donde hay algo mejor que lo que ya tenemos. El esquí es algo que las personas que crecen como la hierba aquí, en su origen (¡en Mürzzuschlag/Estiria, está el museo del esquí más famoso del mundo!), conocen sólo de vista. Están tan profundamente inclinados sobre el frío suelo que no encuentran el rastro. Otros se deslizan por delante de ellos constantemente, dejando a sus espaldas su miseria en los bosques.

Como un caballo, la mujer tira de sus riendas. Con desconcertada ropa de viaje, los extraños atraídos por los anuncios en las revistas especializadas están repantigados en su sofá, la mayoría de ellos por parejas. Ante sus vasos, las mujeres sonríen con disimulo a los que tienen enfrente, y también los miembros de sus hombres requieren esa intención: ¡pero después, adelante! Los caballeros no tienen complejos, e intercambian con gusto la bolsa de la comida. Con habilidad, se quedan de pie ante la mesa del salón y se echan las piernas de las mujeres a izquierda y derecha sobre los hombros, porque en casa ajena gusta salir, pasajeramente, de las propias costumbres, sólo para después, consolados, volver a los viejos hábitos en casa. Allí sus camas están en tierra firme, y a las mujeres, que van una vez a la semana a la peluquería, se les pasa por ellas para que florezcan. Los cuerpos acolchados rebotan en el acolchado paramento, como si nos hubiera tocado a la lotería una ilimitada provisión de vivencias. La ropa más íntima es vendida, para que la experiencia —como nosotras, las mujeres, gustamos de intentar sin resultado— sea siempre distinta cuando vienen a visitarnos para reencontrarnos y conservarnos en el sueño.

El director se ve incansablemente aguijoneado por su cuerpo y por las frivolidades de la prensa. Se toma libertades, por ejemplo gusta de orinar, como los perros, contra su mujer, después de haber hecho con ella y sus vestidos una montañita que poder descender más empinadamente. La escala del placer está abierta por arriba, para eso no necesitamos árbitros. El hombre utiliza y ensucia a la mujer como al papel que fabrica. Se cuida del bienestar y del dolor en su casa, saca ansioso su rabo de la bolsa antes aun de haber cerrado la puerta. Se lo mete en la boca a la mujer, reciente aún del carnicero, con tal fuerza que los dientes le crujen. Incluso cuando hay invitados a cenar que llevan luz a su espíritu, susurra al oído de su mujer futilidades sobre sus partes sexuales. Brutal, le mete mano por debajo del mantel, cultiva el surco de su arado, y delante de los socios juega con su terror gimiente, que tira de su cadena. La mujer no debe poder girar en torno a él, por eso la ata corto. No debe poder por menos de pensar siempre cómo podría embeberla con su solución de fuerte olor. La coge por el escote delante de los invitados, ríe y sirve los fiambres. ¿Quién de ellos no necesita papel? y el cliente satisfecho es el rey. ¿Quién no tiene sentido del humor?

La mujer sigue adelante. Durante un tiempo, ese gran perro desconocido la acompaña, esperando a ver si la puede morder en un pie, porque no lleva unos buenos zapatos. La asociación de alpinistas lo ha advertido, la Muerte espera en las montañas. La mujer da una patada al perro. Nadie más debe poder esperarla. En las casas pronto se encenderá la luz, sucederá entonces lo verdadero y lo cálido, y en las cajas de las mujeres empezarán a repicar los pequeños martillos.

El valle, atravesado por los deseos de los campesinos subarrendados, que son hijos del cielo, pero no de su jefe de personal, se estrecha cada vez más, para recoger los pasos de la mujer como una pala excavadora. Pasa de largo ante las almas inmortales de los parados, que, como ordenó el Papa, son más de año en año. Los jóvenes huyen de sus padres, y son perseguidos por sus maldiciones, agudas como hachazos, por los establos y pajares vacíos. La fábrica besa la tierra, de donde ha tomado a sus hombres, demasiado codiciosos. Tenemos que aprender a tratar racionalmente los recursos forestales y las subvenciones federales. El papel siempre será necesario. Fíjese: sin mapas, nuestros pasos conducirían al abismo. Confusa, la mujer aprieta las manos dentro de los bolsillos del pijama. Su marido se ocupa de los desocupados, créame, piensa en ellos y los entierra.

El arroyo de la montaña, en el que aquí, en su curso alto, todavía no saben nadar los productos químicos —tan sólo algunas veces, míseros desechos fecales humanos—, se agita junto a la mujer en su lecho. Las laderas se hacen más empinadas. Allá delante, tras la curva, el quebrado paisaje vuelve a soldarse. El viento se vuelve más frío. La mujer se dobla profundamente sobre sí misma. Hoy, su marido la ha levantado ya dos veces a patadas. Después su batería pareció quedar por fin vacía, y ansioso, a zancadas, abatió con sus neumáticos todos los obstáculos hasta la fábrica. El suelo cruje, pero la tierra mantiene los colmillos cerrados. A esta altura, apenas echa más que guijarros por sus bocas de volcán. Hace mucho que la mujer ya no siente los pies. Este camino lleva como mucho una pequeña serrería, cerrada la mayor parte del tiempo. Quien no tiene nada que morder, tampoco tiene nada que serrar. Estamos solos. Las pocas chozas y casitas al lado del camino son indiferentes, pero parecidas. De los tejados sale un humo antiguo. Los propietarios secan el torrente de sus lágrimas junto a la estufa. Los desperdicios se apilan junto a las letrinas, desgastadas cubetas de esmalte agotadas durante cincuenta años, y más. Montones de leña, cajas viejas, jaulas para conejos de las que salen chorros de sangre. Si el hombre mata, también matan el lobo y el zorro, sus grandes modelos. Rondan los gallineros, taimados. Sólo avanzan de noche. Muchos animales domésticos cogen por su culpa la rabia, y atentan contra los hombres, sus superiores. Se miran, comida el uno para el otro.

Muy pequeña desde nuestra perspectiva, vemos a la mujer perderse al final de su camino. El sol está ya muy bajo. Se hunde torpemente en las paredes de roca. El corazón del niño palpita en otro lugar, y lo hace por el deporte. Este hijo de hombre, el hijo de la mujer, es en realidad cobarde, huye con su instrumento hacia la planicie, y hace mucho que ya no se le oye. Ahora, como muy tarde, esta mujer tendría que regresar, delante sólo cuelga uno en la cruz, un dolor que desde entonces ha ensombrecido, grandioso, todos los demás padecimientos. En vista de la hermosa panorámica, no se sabe si habría que dilatar infinitamente el instante, y renunciar al resto del tiempo que a uno le queda. Las fotografías despiertan a menudo esa impresión, pero después nos alegramos de seguir viviendo y poder mirarlas. No es que podamos enviar ese tiempo restante que nos queda y recibir a cambio un regalo publicitario. Todo debe volver a empezar siempre, nunca debe acabar algo. La gente va al campo, y quiere traerse una impresión, arrancada al suelo por sus pies cansados. Incluso los niños no quieren otra cosa que existir, y subir lo más rápido posible al telesilla, en cuanto han saltado fuera del coche. Cobramos aliento, inocentes.

El hijo de esta mujer no ve más allá de sus narices. Sus padres tienen que hacerlo en su lugar, en su ciudad, en cuyas carreteras de salida rezan porque su hijo pueda superar a todos los demás. A punto de llorar, a veces vuelve la boca hacia la madre, el rostro desembridado, liberado ya del yugo del violín. Y después su padre. En los bares de los hoteles de la ciudad, habla del cuerpo de su mujer como de la fundación de una asociación que patrocine su fábrica, aunque pronto tenga que descender en la liga racional. De los labios del padre salen palabras punzantes y malolientes que no figuran en ningún libro. ¡No puede ser que una persona viva desgaste de ese modo y ni siquiera lea! Los siglos no consiguen someter a este hombre, que se levanta una y otra vez. ¡Jesús, que no se le pueda matar!

Esta mañana temprano, la mujer ha estado paseando arriba y abajo, confusa, por el cuerpo de guardia, un puesto de su casa en el que espera a que su marido la olfatee y venga a besuquearla. ¿Quiere zumo de naranja o de pomelo? Furioso, él señala veloz las mermeladas. Está previsto que ella le espere hasta la noche, hasta que venga a reclinar su cabeza en ella. Todos los días pone su técnica en aplicación, como lleva haciendo muchos años, y ¿no ha madurado un primoroso resultado? ¡Que alguien pueda alcanzar su objetivo como él quiere! Los hombres nacen con la diana en el pecho, y dejan que sus padres los envíen a cruzar las montañas sólo para después disparar a su vez sobre otros.

El suelo está completamente helado. Un cansado cascajo salpica las planchas, como si alguien hubiera perdido algo en este clima. El ayuntamiento ha mandado esparcir grava, para que los vehículos no se rompan las ruedas. Las aceras no han sido cubiertas. El paseo ocioso de los parados sobre sus ligeras suelas pesa sobre el presupuesto, pero apenas sobre la nieve. Y su destino conmueve a alguien cuyas manos están repletas de vasos de vino y platos del abundante *buffet* frío. Así, los políticos tienen que llenarse la boca de sus corazones desbordados. La mujer afirma el pie contra la acera. Aquí reina la ley del catalizador: sin añadir dinero, el entorno no reacciona ante nosotros, ambiciosos paseantes. E incluso el bosque tendría que morir. ¡Abrir las ventanas y meter dentro los sentimientos! La mujer muestra de qué está enfermo el mundo de los hombres.

Manoteando desvalida, Gerti está parada sobre una placa de hielo y se ofrece. El pijama ondula en torno a ella. Tiende las manos como para aferrar el aire. Las cornejas chillan. Lanza los miembros hacia adelante, como si hubiera sembrado tempestades y no comprendiera el viento que sopla en torno a ella en el día de la madre, o en el abrevadero de su sexo cuando la boca del hombre aparece bajo el mantel para recoger la nata. La mujer va siempre hacia la tierra, con la que a menudo es comparada para que se abra y engulla el miembro del hombre. ¿Quizá tumbarse un poco en la nieve? ¡No creería usted la cantidad de pares de zapatos que esta mujer ha dejado en casa! ¿Quién la anima siempre a comprar aún más vestidos? Para este director, las personas cuentan simplemente en tanto que son personas y son consumidas o pueden ser convertidas en consumidores. De este modo se habla a los desempleados de esta región, que han sido pensados como alimento para la fábrica y sin embargo quieren comer ellos mismos. Cuentan doble para el director si tocan un instrumento o saben cantar un gorgorito. Trémolos y armónica. El tiempo pasa, pero aún debe dirigirse a nosotros. Ni un instante de paz. El equipo estereofónico canta eternamente, ¡escúchelo si tiene paciencia, pero no un violín! La habitación se eleva, un rayo de luz llega hasta nosotros, los gastos para deporte y tiempo libre crecen beatíficamente hasta el cielo, y la gente es moldeada de nuevo sobre las mesas de operaciones hasta que se vuelve soportable.

5

Del supermercado desbordan las mercancías que mantienen presas a las personas. El sábado, el hombre debe actuar de pareja y ayudar a recogerlas en las redes, y los pescadores cantan. Entretanto, el hombre ha aprendido esta forma sencilla y malvada de hacer las cosas. Mudo, vaga por entre las mujeres, que pagan su calderilla y combaten el hambre. ¿Cómo van a llegar dos personas a esta unidad, si ni siquiera se pueden cerrar las cadenas humanas por la paz? La mujer se ve acompañada, los paquetes y bolsas son cargados sin bronca ni tumulto. De este modo el director se acomoda entre la gente, les quita el sitio y controla lo que se compra, aunque eso sería tarea de su ama de llaves. Él, un Dios, vaga por entre sus criaturas, que son menos que niños y sucumben bajo tentaciones más ilimitadas que el mar. Mira en los carritos de los demás, y también en los escotes ajenos, en los que ladran testarudos enfriamientos y deseos testarudos se mantienen ocultos bajo los pañuelos. Con frecuencia las casas son frías y húmedas, tan cerca del río. Cuando ve a su mujer, cuya mano titubea dentro del frigorífico sobre toda aquella mortandad, hasta alcanzar un paquete transparente, cuando ve su escasa presencia física, su hermoso vestido, le asalta una terrible impaciencia por hacerle sentir su peso en carne; por hacer que su badajo, para el que todo aquí es tan venal, tan abundante, tan accesible como un trozo de papel, se hinche bajo los débiles dedos de ella hasta alcanzar el brillo de la madurez. Bajo su débil garra pintada quiere él ver crecer su cachorro, y volverlo a la calma dentro de la mujer. ¡Ella debe esforzarse de una vez, dentro de su camisón de seda! Que no tenga él siempre que hacer el trabajo de alzar sus pechos y ponerlos en el plato de sus manos. Alguna vez debe servirse ella, ofrecerse con la más servicial complacencia, sin que él tenga que pasar media hora sacando con los dedos los frutos del cáliz. Es inútil. Él se retrasa un poco al llegar a la caja, y abarca el bostezante vacío de su propiedad, ante la que las mercancías eran hombrecillos. Bailan a su alrededor varios empleados del supermercado a los que ha arrebatado los hijos, unos para la fábrica, los otros porque ahora tienen que emigrar o entregarse al alcohol. ¡El tiempo no se le hace demasiado largo a este Señor!

Las bolsas de la compra, que han cumplido su misión, susurran por el suelo del vestíbulo, impulsadas por las patadas del director. A veces, en furiosos ataques de ira, patea de tal modo la comida que la manda por los aires. Entonces, arroja a la mujer sobre el lecho de productos y completa la imagen con ella, que ya tiene permiso para respirar su aire y chupar su pene y su ano. Ejercitado, coge al vuelo sus pechos al salir del vestido y, marchitándose ya, los ata con cintas por la raíz, convirtiéndolos en tensos globos. Coge a la mujer por la nuca y se inclina sobre ella, como si quisiera levantarla y meterla al saco. Los muebles pasan ante ella como en una visita relámpago. Los vestidos ya están desparramados, y los dos se empotran el uno en el otro más de lo que dependerían el uno del otro. Este trecho ya ha sido pastado desde hace años. Estremeciéndose, el director saca su producto, papel no es. Es una mercancía más dura, tal como se necesita en tiempos más duros. Los hombres gustan de enseñarse entre ellos lo más oculto, como muestra de que no tienen nada que ocultar y es cierto todo lo que tienen que decir a sus parejas que inagotablemente se derraman. Envían a sus miembros, los únicos mensajeros que siempre vuelven a ellos. Del dinero no se puede decir lo mismo, aunque sea más amado que el más amado de los cascos y cuernos del amante, que ya roen los perros. Temblando y gritando se expulsan los productos, las diminutas fábricas del cuerpo muelen y crujen, y la humilde propiedad —dificultada sólo por la felicidad que sale dando tumbos del aparato de televisión, que habla en solitario—, se vierte, manantial, en un solitario estanque de sueño, en el que se puede soñar con mercancías más grandes y productos más caros. Y el hombre florece junto a la orilla.

La mujer yace desparramada, abierta al mundo, en el suelo, con alimentos viscosos esparcidos sobre ella, y es subastada por un efecto y varios efectos. Sólo su marido negocia con ella, y negocia completamente solo. Y ya cae en el amueblado vacío de la habitación. Sólo su propio cuerpo le hace justicia, y cuando lo desea puede hacerse oír y retumbar en el deporte. Como una rana, la mujer tiene que abrir las piernas hacia los lados, para que su marido pueda mirar dentro de ella lo más posible, hasta la Audiencia Provincial para Causas Penales, y examinarla. Está por entero bañada y cagada por él, tiene que levantarse, dejar caer al suelo las últimas cáscaras e ir a buscar una esponja para limpiar al hombre, ese enemigo irreconciliable de su sexo, de sí mismo y del flujo que ella ha producido. Él le mete el índice derecho bien hondo en el ano, y con los pezones colgando ella se arrodilla sobre él y limpia, el cabello en los ojos y en la boca, sudor en la frente, saliva ajena en la garganta, la blanca ballena asesina allí ante ella, hasta que la amable luz se pone, llega la noche y este animal empieza a fustigarla de nuevo con su rabo.

De vuelta del supermercado, acostumbran a guardar silencio. Algunos pasan corriendo ante ellos, probando sus caballos de potencia, y son conservados, implacables, en la memoria. Los recipientes de leche al borde del camino, atravesados por el yermo aliento del átomo, están listos para ser recogidos. Las cooperativas agrícolas se persiguen unas a otras por la comarca, por motivos de competencia, también para no estar expuestas demasiado tiempo a la vista de los pequeños campesinos, que no dan mucha leche y a los que ni siquiera se puede sangrar del todo. La mujer se envuelve en la oscuridad de su silencio. Después, para humillar a su esposo, vuelve a reírse sin parar de las pedantes alambradas patriarcales en las que su cerebro se enreda cuando mira los dedos de la cajera. Y, como tantas mujeres de parados, sólo puede cometer pequeños errores. El director se desliza sigilosamente a su lado, y ella tiene que volver a teclearlo todo, para que no se registre ni un artículo de más. Es casi como en su fábrica, sólo que los hombres son más pequeños y llevan vestimenta de mujer, desde la que se asoman a otear, porque a su vez les viene pequeña la vestimenta de su estructura familiar. Tienden las alas, y de sus cuerpos salen disparados los niños, a cuyos ojos recién abiertos lanzan sus rayos los padres. Los confusos rebaños de las clientes pasan en su furia compradora ante los hechizados por las mercancías, para poder volver a desaparecer pronto dentro de sus tumbas. Como rocas se apilan sus cabezas ante las ofertas especiales. No reciben regalos, antes bien ven disminuir una parte de las ganancias conseguidas en la fábrica de papel. Horrorizadas, se quedan paradas ante su superior, al que no esperaban ver aquí, en el que apenas habían pensado. A menudo nos sorprenden en las puertas gentes con las que no habíamos contado, y se nos hace responsables de su alimentación. Barritas saladas, galletitas en forma de pez y patatas fritas es todo lo que podemos ofrecerles, en nuestras pobres sombras.

Abismos de estanterías se lanzan hacia el lejano horizonte. El racimo humano se divide, los últimos deseos de los clientes se escurren del cansancio matinal de los hombros, como los portadores de camisetas empapadas de sudor. Hermanas, madres, hijas. Y la santa pareja de directores se dirige otra vez, en eterno retorno, al establecimiento penitenciario de su sexo, donde se puede clamar cuanto se quiera por la redención. Pero de los labios y agujeros no se derrama en la celda y sobre sus manos tendidas más que una comida tibia y espantosa. El sexo, exactamente igual que la Naturaleza, no se puede disfrutar sin su apéndice, sin su pequeña banda de productos y producciones. Se le rodea amablemente con artículos de primera calidad de la industria del textil y de la cosmética. Sí, y quizá el sexo sea la naturaleza del ser humano, quiero decir, que la naturaleza del hombre consista quizá en correr detrás del sexo, hasta que, visto en su integridad y en sus limitaciones, se vuelve tan importante como él. Un símil le convencerá a usted: el ser humano es lo que come. Hasta que el trabajo le convierte en un sucio montón, en un muñeco de nieve fundida. Hasta que, lleno de cardenales desde su nacimiento, se le cierra hasta el último agujero en el que esconderse. Sí, los hombres, hasta que al fin son interrogados y conocen la verdad sobre sí mismos... Entretanto escúcheme: Estos indignos son importantes y hospitalarios un único día, cuando se casan. Pero ya un año después se les piden responsabilidades por sus muebles y vehículos. Sucede una detención masiva cuando ya no pueden pagar los plazos. ¡Pagan a plazos hasta las camas en las que se revuelcan! Sonríen a los rostros de los extraños que los llevan a sus pesebres, para que puedan hacer volar unas briznas de heno al aliento de su sueño, antes de seguir adelante. Pero nosotros tenemos que levantarnos todos los días a horas intempestivas, somos forasteros y estamos lejos, y solamente vemos nuestra pequeña calle, donde entretanto nuestras primorosas parejas son codiciadas y usadas por otros. Y en las mujeres debe arder un fuego. Pero no son más que muertos nidos de pasión, sobre los que la sombra del atardecer cae ya en la mañana, cuando desde las gargantas de sus camas en las buhardillas, donde tienen que atender a los niños, reptan directamente hasta el estómago de la fábrica. ¡Váyase a casa, si está cansada de esto! ¡No se le envidia, y hace mucho que su belleza ya no desarma a nadie, más bien la abandona con ligeros pasos y pone en marcha su coche allá donde cae el rocío y brilla bajo los primeros rayos, muy al contrario que su pelo romo!

La fábrica. Oh, cómo domina a los iletrados que afluyen a ella por inagotables tubos. ¡Cómo supera a los equipos estereofónicos en incansable ruido! ¡La casa de ese hombre, es decir, la casa del director en su celda para dos, que nos deja atrás, inefablemente refrescados, cada vez que accionamos las máquinas de Coca-Cola! Una carpa de luz y seres vivos en la que se fabrica papel. La competencia aprieta las clavijas a este lugar, y cepilla a todos los empleados hasta dejarlos convertidos en finas tablitas lo más iguales posible. El consorcio que posee la fábrica de la región vecina es más poderoso, y está situado en una arteria más productiva, en la que pueden ir a sangrar y agotar sus jugos. La madera es triturada hasta desaparecer, y llega a la fábrica de celulosa, y después la celulosa va a la fábrica de papel, donde otros triturados hasta desaparecer la elaboran, por lo menos eso he oído, y estoy contenta de que yo, que soy libre, puedo vomitar mi eco en el tranquilo bosque, en la hora en que aprieta el calor. El ejército de los que como yo, irresponsables, leen periódicos en las letrinas, arranca los árboles del bosque para poder sentarse en su lugar y poder desenvolver el papel con la comida. Por la noche la gente bebe y se preocupa. Si surge una discusión, la multitud se precipita, flatulenta y borracha, en profundidades nocturnas.

La fábrica ha llegado hasta el bosque, pero hace mucho que ansía otro país en el que poder producir más barato. Los divinos carteles en las carreteras de salida del país atraen a la gente, y ya se lanzan por los raíles de sus trenes eléctricos. Se ajustan las agujas, y también el Señor Director está sujeto a una Instancia Superior, mientras engulle fondos públicos. La política del propietario, al que nadie conoce, es imprevisible. A las cinco de la mañana, la gente se duerme en los semáforos, cuando tiene que hacer cien kilómetros para ir a la fábrica, y en el último cruce sucumben a la sagrada luz roja, que juega con ellos, y son muertos por no quitar el pie del acelerador y el sueño de la diversión del sábado por la tarde. Nunca más verán los delicados movimientos en la pantalla de la que, resollando y pateando, han recibido el sustento durante años.

Por eso dejan a sus mujeres resonar una vez más, para no tener que oír las trompetas del Juicio Final por lo menos hasta el próximo primero de mes. En este lugar, los rumores y los tribunales no callan nunca, y los desahuciados por los bancos beben de las canaleras y se comen las últimas migajas. Y detrás de ellos hay una mujer que querría tener dinero para la casa, y libros y cuadernos nuevos para los niños. Todos ellos dependen del director, este niño grande de carácter apacible, pero que puede cambiar de pronto como una vela al viento y estallar, y entonces todos estamos en el mismo barco y nos lanzamos rápido sobre la borda grande y tempestuosa, a la que nos hemos lanzado en el último instante porque no sabemos emplear mejor nuestro canto coral de sirena. Incluso en la cólera se nos olvida, sólo crece la úlcera en nosotros, y crecemos como la mala hierba.

6

La mujer se aferra, no encontrando en su trastorno la salida de emergencia de sus recuerdos, a la cerca de un viejo almacén de bombas de los bomberos voluntarios. Corre libremente, sin correa. Su cabeza se ha librado de los cacharros sin fregar. Ahora ya no escucha el familiar chirriar y tintinear de las campanillas de sus riendas. Se alza en silencio sobre sí misma, como una llamarada. Así deja la alegre compañía de su bravo marido, en el que uno puede confiar con los ojos cerrados, y que sigue creciendo, pisando sin respeto las llamas que salen de sus genitales, así como la compañía de su hijo, patentado por el profesor de violín, para que los dos puedan gritar y aullar juntos. Ante ella sólo está el frío viento huracanado de la montaña; el campo está cubierto de débiles trazos de senderos que conducen al bosque. Oscurece. En sus celdas, las mujeres sangran por el cerebro y por el sexo al que pertenecen. Lo que ellas han criado, tienen ahora que cuidarlo y mantenerlo vivo con sus brazos, sobrecargados de todas formas por sus esperanzas.

La mujer se mueve sobre el canal helado del acceso al valle, se tambalea torpe sobre los congelados témpanos. Aquí y allá, las puertas abiertas de un establo dejan ver animales, y después nada más. Los anos de los animales están vueltos hacia ella, palpitantes cráteres de estiércol. El campesino no se apresura precisamente a rastrillar el cieno bajo sus cuartos traseros. En los establos masificados de las zonas más ricas, cuando cagan a destiempo reciben descargas eléctricas del yugo que llevan en la cabeza, el entrenador de vacas. Junto a las chozas, míseros haces de leña que se pegan a las paredes. Lo menos que aquí se puede decir del hombre y del animal es que la nieve los reclama suavemente. Siguen asomando plantas sueltas, hierbas duras. Ramas heladas juguetean con el agua. ¡Arribar precisamente aquí, donde hasta el eco se quiebra, a esta orilla convertida en hielo! En la Naturaleza está comprendida su grandeza, algo más pequeño que ella nunca suscitaría nuestro agrado, ni aguijonearía nuestra coquetería para hacernos comprar un vestido tirolés o un traje de cazador. Como vehículos a países lejanos, así nos acercamos nosotros, como astros, al Infinito de este paisaje. Sencillamente, no podemos quedarnos en casa; se nos ofrece posada, para que nuestros pasos hallen dónde pararse y la Naturaleza sea contenida en sus barreras, aquí hay un corral para renos domesticados, allá un sendero para principiantes. Y ya estamos al cabo de la calle. Ninguna roca nos rechaza iracunda, al contrario, miramos hacia la orilla, repleta de envases de leche y latas de conservas vacías, y conocemos los límites que la Naturaleza ha puesto a nuestro consumo. La primavera lo sacará todo a la luz. Esa pálida mancha de sol en el cielo, y en la tierra unas pocas especies. El aire es muy seco. La mujer... se le congela el aliento al salir de la boca, que cubre con una esquina de su pijama de nylon rosa. En principio, la vida está abierta a todo el mundo.

El viento le arranca la voz. Un grito involuntario, no muy agudo, sale de sus pulmones, un sonido sordo. Tan desvalido como el campo del niño, del que los sonidos se sacan a golpes, pero que ya se ha acostumbrado bien. Ella no puede ayudar a su querido hijo contra su padre, porque al fin y al cabo el padre ha rellenado el cupón de pedido de extras como música y turismo. Ahora, eso queda a sus espaldas. Quizá ahora su hijo se lance entrometido hacia el valle, hacia el crepúsculo, como una mariquita de plástico puesta boca arriba en la fuente de plástico de un trineo, servido echando humo sobre ella. Pronto todos estarán en casa y comerán, con el susto del día, que parieron gritando sobre los esquíes, todavía en el corazón. ¡Al final el niño termina con el trineo en las orejas! La última suciedad. De que los niños existan y corran por sí solos, como el tiempo, son responsables las mujeres, que embuten la comida en esos pequeños retratos de ellas o de sus padres, y que les marcan el rumbo. Y con su aguijón el padre lanza al hijo a la pista, donde puede ser señor de los desnortados.

La mujer golpea sin sentido con el puño contra la balaustrada. La última choza ha quedado atrás hace ya largo tiempo. El llanto de un niño habla claramente de lo hermoso que es vivir cuando uno se deja envolver por las circunstancias como por un pañal. Con ojos muy abiertos, la mujer tiene que recorrer siempre nuevos caminos. Siempre ha sentido el impulso de salir del tubo de su casa, al exterior. A menudo se ha extraviado, y algunas veces ha ido a parar, confusa, al cuartelillo de la gendarmería. Allí se le ofrecían para descansar los brazos de los funcionarios; con las pobres gentes que pagan demasiado en la taberna se gastan otros modos. Ahora, Gerti está quieta en medio de los elementos, que pronto yacerán bajo las estrellas. El niño, que será su superviviente, se lanza impertinente por las huellas dejadas por los otros y al viento de la carrera que él mismo produce. Los demás, cargados de presagios, prefieren no cruzarse en su camino, pero la madre viaja, arrastrada por su voluntad, de valle en valle, para comprarle algo. Ahora está como dormida. Se ha ido. Los habitantes del pueblo atisban su imagen tras las ventanas y buscan la manera de salirle al paso, para que les eche buenas palabras en la hucha. Sus cursos de música método Orff para niños, de los que los pequeños intentan escapar con bastante frecuencia, aseguran a los padres sus puestos en la fábrica. El niño queda en prenda. Chicharrean y vibran con carracas, flautas dulces y zambombazos por el estilo, ¿y por qué? Porque la mano de su bondadoso padre protector y su fábrica (¡ese cobijo!) los ha enganchado como cebo en el fondo. A veces el director pasa por allí, coge en brazos a las niñas, juguetea con el borde de sus faldas y con los vestiditos como dedales de las muñecas, en cuyas profundidades abismales aún no se atreve a nadar. Pero todo ocurre bajo su mano, los niños juegan con las raíces superficiales que son los instrumentos musicales, y bajo ellos, donde se abren sus cuerpos, un dedo espantoso se abre camino hacia el claro del bosque, lentamente, como en sueños. Sólo una hora después, los niños volverán a estar protegidos por el aliento seguro de sus madres. Dejad venir a los niños, para que la familia pueda cenar en un ambiente cordial, en un camino iluminado por el sol y encarrilado por discos bien desgastados de música clásica. Y la profesora consigue un aplazamiento en cuanto los niños llenan el cuarto, se sienta muy tranquila en su departamento, tras cuyas ventanas el jefe de estación mueve los labios, hasta que el tren ha salido.

El director da por bueno todo lo que hace su mujer, y ella soporta su obediente plantita carnosa dentro de su salud. Él casi parece asombrado de cómo su abono de humus desaparece una y otra vez en su silencioso agujero, que conoce bien, de cómo una y otra vez su carga chapotea sobre la cubierta de su navío. A veces, asustada, de sus mangas sale una pieza de piano, y vuelve a marchitarse. Los niños no entienden nada, sólo que les acarician la tripa y las caras internas de sus muslos agitados. Los que no tienen talento musical no han aprendido una lengua extranjera. Por el rabillo de los ojos aburridos miran al exterior, donde podrían tumbarse sin ser molestados. El director viene de su coro celestial, en el que sus padres languidecen, y con las puntas de los dedos este Dios tronante atrapa las fresas que han crecido ya en las frías cunas de duro acolchado.

Excita al hombre hasta ponerlo al rojo blanco, hasta darse contra las paredes, esa diminuta protuberancia que hasta los niños tienen, y que él ha extirpado de la carne de la mujer con dos dedos, para trepar por ella. Que la mujer se limite a estar ahí no le basta. Sencillamente tiene que expandirse en ella, levantar los pies y lanzarse dentro de ella. ¿Acaso no puede buscar un poco de refugio y descanso en ella? A veces, todavía temblando con el retumbar de su pesada aleta, se disculpa, casi con embarazo, ante este manso animal, al que no es capaz de marcar con su hierro, aunque ya ha engullido y vuelto a escupir cada milímetro de su piel. ¡Hasta dónde hemos llegado, que uno se avergüenza de sus honorables productos conyugales!

Sucede que algunos, cuando ya es casi de noche, van de pueblo en pueblo con sus pequeños vehículos, y la camada de los altavoces estéreo se les pega con música a la cabeza. Un conductor, pasajero de su coche, se detiene al lado de la mujer. Las ruedas salpican. La grava gruesa de la pista forestal. La mayoría de los hombres conoce mejor la biografía de sus coches que la autobiografía de sus mujeres. ¿Qué, con usted es distinto? ¿Se conoce tan bien a sí mismo como la persona sencilla que le revisa de pies a cabeza todos los días? ¿La que le retira los preservativos usados como un carroñero de la vida? ¡Entonces, ya puede estar satisfecho!

¡Todos los que pretendan pasar la noche bebiendo, que se pongan en pie y pasen a este lado! El resto para aquellos que deseen beberse la noche misma hasta sentir inclinación por otra persona. La noche, que ha nacido para abarcar todas esas botellas: la juventud, que patalea y brama desde los pañales de sus revistas ilustradas. Ahora puede por fin romper el recipiente de cristal del que gotea el aguardiente, y en el que ha crecido como una bombilla, y hacer que le enseñen el reverso de las manos en las discotecas y el rostro de las barandillas de acero de los puentes. Así va el mundo. Directamente dentro de nosotros. Jóvenes desempleados se apretujan ante el camino que sale al aire libre. Salvajes, atormentan pequeños animales, de los que podrían adueñarse, en establos silenciosos. No se les acepta en los talleres de reparaciones y los centelleantes salones de peluquería de la ciudad provinciana. La fábrica de papel se hace la dormida, para ahorrarse las tijeras (las incomodidades) sociales, cuando los muchachos del pueblo protestan contra ella con sus alitas plegadas, las cabezas encogidas, porque también querrían remover las calderas de papel entre los muchos otros. En lugar de eso, se limitan a mirar el fondo del vaso. Ya llevan su mejor ropa los días laborables. Quien tiene una pequeña explotación en casa, es el primero en huir de la fábrica, y en casa hace a la mujer la mayor explotación. Parece poder alimentarse autárquicamente y cosechar la abundancia divina. El corazón de aquel que hace matanza en su casa no puede entregarse por entero a la fábrica, declara el jefe de personal. O una cosa u otra. Los niños enferman. Los padres se ahorcan. Ningún dinero les va a compensar.

Este conductor, invitado personalmente por su coche, conduce pegado a la mujer por el suelo helado. Con lo joven que es, ha terminado ya estudios de derecho y un curso intensivo de frivolidad. Tiene incluso padres —de los que no tiene que preocuparse— en el árido camino que ha de cubrir el alto funcionario hasta su sólido y hereditario lugar en el cartel electoral del Partido Popular Austríaco. Este camino es tan largo como el que nosotros hacemos de la puerta a la calefacción y el periódico, que tan cómodo nos resulta a todos en este Estado de clase media. Los padres se han comprado aquí, sin mayores problemas, a base de cuentas de ahorro-vivienda, una casa de fin de semana. La casa sirve al descanso, al deporte y al descanso antes y después del deporte. Este joven es, en cambio, miembro de una exclusiva asociación estudiantil, donde la nobleza despega los ojos de los ciudadanos para volver a pegárselos enseguida. Lo que este muchacho no consigue, es que no merece la pena publicarlo en el *Quién es Quién* de la juventud vienesa. Su pertenencia a la asociación no es algo decisivo para él, pero no estar es no ser. Los pequeños caen sin compasión los unos sobre los otros, pero los grandes hacen brillar su luz y ascienden, en medio de las sombras poderosas que anuncian su vanidad, sobre las manos y las cabezas de los otros. Entonces abren sus intestinos, y sus alas se hinchan con el viento que hacen. No se les ve venir, pero de repente están en el Gobierno y en el Parlamento. También los productos del campo se ven apetitosos en las estanterías, hasta que, sólo al llegar al estómago, despliegan su veneno.

La mujer se ve obligada a detenerse. Ha estado nevando día y noche. El aire de la montaña duele. Los rayos de sol que caían por entre los árboles han desaparecido ahora. El joven frena tan violentamente, que algunos libros, que hacía mucho que se habían vuelto contra él, le caen encima. Se desparraman por el suelo del asiento delantero. La mujer mira de través la ventanilla y una cabeza que ayer por la tarde, como los hombres sin esperanza a los que aquí les arde el suelo bajo los pies, dejó pasar sin prestarle atención. Se conocen de vista, pero no se han guardado el uno dentro del otro. El estudiante menciona algunos nombres queridos que ella tendría que conocer. Las cumbres en torno brillan bajo su cofia de nieve, que llega hasta muy hondo, hasta el taller de los hombres donde se forjan los deseos de un nuevo equipo de esquí.

Entretanto el director, un hombre a prueba de impuestos, espera en su oficina, y ya no nos sirve de nada llamar a su puerta. Los hijos de los campesinos llegan a él, golpeados en casa por sus padres y rumiados por el ganado, y se arriesgan a dar el paso al grupo de salarios bajos de la Industria. Y pronto ven a las mujeres y las saludan con fuertes ladridos, mientras ellas se pintan las uñas en el coche, con el semáforo en rojo. Son nuestros pequeños invitados a la mesa puesta, para que se den cuenta pronto de que no son bienvenidos a la estructura social. Desde su sitio, ni siquiera pueden ver la mesa llena de cargas sociales, se sientan sobre los fondillos de sus pantalones de cuero y dan gritos porque alguien se presenta como su diputado y quiere beberse su concentrado de zumo vital recién exprimido. Parecen hijos de la tierra, hechos para amar y para sufrir. Pero un año después ya no elogian nada más que el rápido viaje que les pega el cabello a la cabeza, desde la motocicleta al Volkswagen usado. Y el río fluye audaz, y los acoge al fin sin hacer preguntas.

La mujer está tan cansada que parece ir a caer de bruces con toda su aún pasable figura, oculta la mayor parte de las veces por su marido. Los ojos del mundo descansan en ella aunque no haga sino dar un paso. Está enterrada bajo sus posesiones, que se alzan como olas y rompen en espuma de limpiadores suaves, de un horizonte bajo al siguiente. Entonces llegan los diligentes villanos con sus valerosos perros, y la desentierran en mil conversaciones sobre lo que hace y deja de hacer. Casi nadie podría decir qué aspecto tiene, pero lo que lleva, ¡ese canto de alabanza sí que debería oírlo la comunidad el domingo en la iglesia! Mil pequeñas voces y llamas que se elevan al cielo desde el taller sombrío en el que los periódicos han preparado a la gente para eso, y con barro los han modelado para ser recipientes. El director se encarga de la cesta de la compra, y es el gallo en el gallinero. Las mujeres del pueblo sólo son un anexo a la carne de los hombres, no, no os envidio. Y los hombres caen como heno seco sobre los impresos de los ordenadores, donde su destino está apuntado junto con las horas que tienen que hacer para poder tocar felizmente las mejores cuerdas de la vida. No queda tiempo para jugar con los niños después del trabajo. Los periódicos giran al viento como veletas, y cantando los empleados de la fábrica de papel pueden hacerse aire. En el colegio, no sé, allí todos eran buenos. Tienen que olvidarlo cuando, después, se convierten en plazas vacías en las profesiones, el comercio y la industria, o en agujeros negros en el tejido de la competición deportiva. Se les organizan juegos para la juventud del mundo, pero cuando lo saben es demasiado tarde, y resbalan siempre por la sosa pendiente delante de su casa, que por otro camino helado lleva al estanco, donde se enteran de quién ha ganado. Lo ven todo en televisión, y quieren ser cocidos en la misma delicada manera. El deporte es lo más sagrado que pueden alcanzar con sus manos atadas. Es como el vagón restaurante del tren, que no es imprescindible, pero une lo inútil con lo desagradable así se va tirando.

Saliendo de la oscuridad, la mujer del director se ve obligada a subir a ese vehículo para no congelarse. No debe ofrecer resistencia, pero tampoco quedarse a un lado, como gustan de hacer las mujeres cuando, como caminos embarrados, primero sirven la comida a su familia y luego se la amargan con sus quejas. El hombre vive todo el día de su hermosa imagen, y al llegar la noche ellas se lamentan y se quejan. Desde el palco de sus ventanas, en las que las flores y hojas forman una pinchosa defensa hacia el exterior, contemplan los arcos que otros tensan, y dejan flojos, agotados, sus propios afanes. Se visten la ropa de los domingos, cocinan para tres días, salen de la casa y se arrojan —lo que uno se busca es lo que tiene— al río o al pantano.

El estudiante observa las zapatillas de la mujer. Ayudar es su profesión. Esta mujer está quieta sobre las suelas de papel de las mujeres domadas, que, desesperadas, rumian durante horas la comida que sus familias han despreciado. Bebe un trago de una botella en edición de bolsillo que se le pone ante la boca. Ella, y las del pueblo, y todas nosotras: Volvemos el rostro, que gotea y se derrite, hacia el fogón, y contamos las cucharadas con las que nos consumimos. La mujer susurra algo al joven, ha llamado a la puerta adecuada, porque también él suele caerse, borracho, de la mesa de confraternización, de la mesa de los obligadores legales. Él repara en su mirada. Apenas susurran los sentimientos, su cabeza somnolienta se hunde en el hombro de él. En el coche chirrían las ruedas, que quieren avanzar. Un animal se yergue, ha oído el arranque, y también el joven está dispuesto a hurgar en la ropa gastada de esta mujer, en busca de algo de calderilla. Por una vez ha pasado algo distinto, algo nuevo, algo indecente, inesperado, a lo que poder después echar sobre los hombros un capote de conversaciones de apariencia trivial. Hace mucho que sus compañeros de la asociación han capturado sus primeras presas, y se han puesto por los hombros la piel que antaño fuera cepillada por una madre cariñosa. Ahora, por fin, se puede echar a los propios deseos, que tiran impacientes de la cadena, algo que comer que haya sido arrancado de otra persona, para que se hagan grandes y fuertes y un día se vean rodeados por los peces grandes en el océano de la planta del jefe. Sí, la Naturaleza habla en serio, y nos gusta encadenarla para conseguir algo contra su voluntad. ¡En vano se debate el elemento, ya lo hemos montado!

7

Alrededor caen los hombres oprimidos, a raudales, sobre las escaleras y atrios decorados, en la falta de conciencia de sus dominadores. No equivocan el tiro sobre sus mansas pieles. Impertinente, la radio grita por la mañana que hay que levantarse. Y enseguida se les escapa bajo los pies el cálido suelo del amor, su sábana empapada de sudor. Ahora tantean en busca de sus mujeres, y ensucian sus míseras propiedades, tan solícitamente guardadas. El tiempo sopla dulcemente. Los hombres tienen que producir hasta que pasan a la jubilación. Hasta que están pagados todos los plazos de lo que durante toda su vida, con los ojos cerrados, creían poseer, sólo porque, invitados, podían ocuparlo, mientras sus mujeres han extorsionado la vida de las cosas con su continuo uso. Sólo las mujeres están realmente en casa. Los hombres trotan por entre la hojarasca en la noche, y saltan a la pista de baile. La fábrica de papel. Vuelve a echar a los hombres, después de haber sido razonable durante años. Pero primero van al piso de arriba, a recoger sus documentos.

La señora directora está en medio de ellos, blanca y silenciosa. No hace ni siquiera un buen asado, como una de nosotras, contenta de seguir viviendo. Se le llevan los pequeños para que aprendan a cantar y bailar. Hasta que esa nutritiva música enmudece un día y la fábrica lanza su aullido sobre las montañas. Temprano, los padres orientan somnolientos los chapoteantes grifos a la pila; más rudamente despiertan ya los aprendices, sobre los que se echa la música con pala, apenas los afina el despertador. Los cuerpos medio desnudos se alzan ante los espejos del cuarto de baño recién alicatado, relucen las cadenas, los grifillos gritan impertinentes desde las braguetas, y su agua caliente es evacuada fielmente. Este aseo es quizá un espejo de usted mismo. ¡Así que trátelo tal como quisiera ser tratado!

Un coche ha aparcado ante la mujer del director. Un animal se asoma y salta hacia el bosque, donde ahora está en calma. Por supuesto, en verano también se mecen allí las balsas de la vida, pesadamente cargadas, que los hombres van a descargar a la Naturaleza, donde se alivian. El coche está caliente, enseguida el cielo parece mucho más bajo. El tiempo se inclina, y surge la inclinación. En el bosque se despliegan los renos, a los que, en invierno, todavía les va peor que a nosotros. La mujer llora contra el salpicadero, y busca en la guantera pañuelos para calmar su aflicción. El coche arranca, las preguntas se reparten como caridad. De inmediato la mujer abre de golpe la puerta del vehículo, que marcha lentamente, y se precipita hacia el bosque. Sus sentimientos la llenan por completo, y tiene que sacarlos, como a los instintos cuando no se les mantiene encerrados en el catalejo del cuerpo. Así viene en los libros, en los que se puede saber por poco dinero todo sobre uno mismo, para quererse más. Como si aquí hubiera mosquitos u otra especie ajena, la mujer manotea en el aire y tropieza con una raíz, se araña el rostro con la nieve y desaparece en el paraje más oscuro del bosque. ¡No, por allá delante corre! Tropieza con los negros rizos del ramaje. Enseguida, voluntariamente, vuelve a dejarse llevar por la correa y el cinturón, sube al coche, se deja, pasiva, meter hasta el fondo del asiento. En su interior, se vuelve grande y está a su propio servicio. Oye sus sentimientos retumbar como truenos y pasar por la estación de su cuerpo como un tren expreso. La corriente de aire que hace la delgada bandera del jefe de estación casi la hace caer. Se escucha. Se escucha sólo a sí misma. Como el poder del cielo es para estas criaturas sensibles el susurrar de la alta tensión que las llena. ¡Qué maravillosa es esta gente que tiene tiempo suficiente como para sacarse el carnet de piloto de sus descontroladas sensaciones, para poder volar en ellas!

En mitad de su vida, esta mujer gusta de creer a menudo que tiene que salir de la línea de fuga de las otras mujeres, que han arribado a ella con los pechos y los hijos colgantes, para viajar a un país más fecundo, donde a uno le sequen las lágrimas más cuidadosamente. Está unida idolátricamente a sí misma, y gusta de hacer todos sus viajes, como si fueran organizados, al mundo circunspecto de las pasiones. Se encuentra consigo misma donde quiere, y al mismo tiempo huye de sí misma, porque en cualquier otro sitio podría haber un encuentro más grandioso con su interior, en el que se sentara en las nubes y de benditos vasos solamente pudiera echarse al coleto más de sus sentimientos. Es tan volátil como una unión, que se puede romper en cualquier momento.

Algo parecido pasa con el arte y con lo que nosotros sentimos acerca de él, cada uno algo distinto, la mayoría nada, y sin embargo todos estamos de acuerdo en rascar lo más profundo de nosotros y presentárselo al otro, a medio cocer, para que lo engulla. Salimos de nuestra hornilla como un incendio doméstico. Como en una pista de esquí, perseguimos demasiado deprisa nuestras necesidades, el sol brilla, y nuestros salones, en los que hervimos sobre todo de ansia de vivir, encima tienen buena calefacción. Todo es ardiente y lleno de espíritu, que, calentado por llamitas, se alza sobre nosotros para que los demás lo vean. De pronto caemos, porque nos falta el suelo bajo los pies, nos enamoramos y tenemos exigencias cada vez más infundadas que plantear a nuestras parejas. Qué felices nos hace correr por las montañas en muchas figuras, hasta que perdemos nuestros gorros de dormir.

En su alto y caro corcel, el estudiante escucha cómo la mujer se pone en sus manos. Es un instante único que la ha conducido al vestíbulo de sus sentimientos, donde la calma exhala el vapor de conversaciones febriles como un invernadero. Convertidos en lenguaje, brotan de ella temblando los días de su infancia y las mentiras de su madurez. El estudiante baja por la pendiente de sus pensamientos. La mujer sigue hablando, lo que la hace más importante, y su lenguaje se aparta de la verdad en el momento en que ésta ha brotado en ella y le ha parecido un poquito hermosa. Quién más escucha cuando el ama de casa hace un movimiento de repliegue, porque el niño grita o la comida se quema. Cuanto más habla y habla esta mujer, tanto más desea que ella y el hombre sigan siendo un enigma el uno para el otro, lo bastante interesante, pues, como para descansar un poco el uno en el otro y no querer volver a ponerse en pie y salir corriendo.

Pero ¿quién no siente el dolor como los sentidos? Producimos el sentimiento en ollas borboteantes en las que el vapor canta. Pero ¿y los zarandeados por la amenazante rescisión del contrato? Éstos se dan con la frente contra la fábrica de papel, que quizá tendrá que ser abandonada por el consorcio porque ha dejado de ser rentable. Además contamina el arroyo, y ya hay muchos que, afilándose torpemente las romas garras, escuchan la voz de la Naturaleza; que por fin ha aprendido a hablar el lenguaje de sus hijos. Así, estos criados en escuelas superiores entienden lo que la Naturaleza dice y lo que sucede en sus aires y aguas. Y una sonrisa se tiende sobre los rostros de los que disputan, porque tienen razón. La Naturaleza, como sus sentimientos, opina lo mismo que ellos. El departamento de protección del medio ambiente toma cuidadosamente pruebas de aguas corrompidas y burbujeantes, pero en alguna parte ya se está abriendo una nueva herida en la Naturaleza, a la que todos tienen que acudir corriendo. Delante y detrás, al cabo de algún tiempo —el que necesita el horno— salen disparados los desechos humanos. Ya habían entrado en forma de estiércol. Sí, la fábrica ha producido, con ayuda de sus habitantes y motores, papel, nuestro abono, en el que además, tumbados como pliegues sangrientos en nuestros sofás, podemos escribir nuestros pensamientos. Lo que tengamos que decirnos para disolver nuestros amores en la noche y la nada y elevarnos sobre su estiércol a insólitas alturas no conmueve a nuestro interlocutor, porque está ocupado con sus propias reflexiones, que tiene que lavar y volver a llenar cada día.

Cuanto más profunda es la felicidad, menos se habla de ella en esta región, para no extraviarse en su interior y que los vecinos no tengan envidia. Los que son expulsados de la fábrica tienen que mirar celosamente en torno, para poder ponerse en la cuenta de la tienda, en el corazón de cuyo propietario se precipitan. En las tinieblas viven sus señores, las águilas, que pueden apartar de sí el destino de sus presas con una inclinación de cabeza de sus bolígrafos. Pero no, los hijos de los Alpes caminan intrépidos sobre el abismo, sobre puentes de floja construcción. Tienen que doblegarse. Sus seres más queridos no viven cerca, así que tienen que ir a visitarlos, a contaminarlos, sólo para que les den un café con un horrible golpe. Pero no notan lo que sienten, y no escuchan cuando se les explica.

El joven se inclina hacia la mujer, que se ha apartado un poco para charlar con sus queridos parientes, las nostalgias. De sus grandes ojos brotan las lágrimas, que caen en su regazo, donde los deseos viven, esperan y se cortan las uñas. No somos animales, para que todo tenga que suceder de inmediato, meditamos si la pareja se adecua a nosotros y qué puede permitirse, antes de rechazarla. Ahora hemos reunido todas las tazas, se ha acumulado mucho a lo largo de los años. Sólo hay que prestar atención a nadar siempre por encima del agua, para poder observar a lo lejos los otros botes cuando lo han cargado todo. Y a su vez podemos contemplar en calma cómo se hunden. Y eso con un traje de baño del que sobresalen indiscretas las partes del cuerpo que mejor permanecen ocultas. Nadie conoce mejor que el propietario su cuerpo, su casa, pero eso aún no significa que se pueda invitar enseguida a gente. ¿Por qué no nos iba a querer otro? ¿Y por qué no lo hace?

El joven desliza el pijama por los hombros de Gerti. En su asiento la mujer no puede volverse, se rebulle, como si quisiera ganar más espacio. Por delicadamente que sus intimidades llamen desde su escote, prefieren tomar los asientos que les corresponden allá donde ahora aún se expanden árboles, cómo no. Apenas ha escapado Gerti del cinturón de seguridad de su casa, cuando ya un joven representante de la Ley quiere acceder a la guantera. ¡Si se piensa cuántas cavidades tiene un cuerpo sano, no digamos uno enfermo! La mujer se rasga el pecho con el cuchillo de sus palabras, y el estudiante se apresura a meter en la herida las virutas de su opinión y otros dones de amor. Por fin, Michael ha aparcado ante un pesebre para animales salvajes. Sí, los poderosos y sus funcionarios forestales gustan de fabricar paraísos artificiales en los que la Naturaleza, que tropieza en todas partes, torpe y desmañada, puede penetrar. Y a las mujeres se les promete el Paraíso si se lo preparan en la tierra a sus maridos e hijos y saben aliñarlo como es debido. No se ven atormentadas por el descanso. ¡Porque algo brilla en la espesura!

Un nostálgico manantial debe fluir de la mujer, espera el joven, y, tumbado satisfecho boca abajo, hostiga a las hormigas en su hormiguero con un palito. Los ágiles animalillos salen y echan a volar en todas direcciones. Son difíciles de atrapar, pero a veces, como los sueños, vienen sin ser llamados. Entonces se puede meter el tosco bloque y depositar una carga. Los cuerpos deben arder siempre. De eso nos encargamos con todo lo que tenemos, sólo para que el sexo vibre un poco; no podemos dejarlo en paz, hay que andar prendiendo siempre con el mechero. Los troncos que antes parecían seguros han de ser abatidos sólo para que abramos los brazos y podamos recalentar y tragar una y otra vez la vida, que de todas formas nos han regalado. Y los exiguos ríos de vida de la mujer, que pronto terminan, buscan siempre una segunda corriente, con el mayor arrastre posible, con la que poder fluir en común, una hermosa serie de señales de amor, tendidas como banderas; y pilas en las que los animales meten la lengua o son engañados por la electricidad con sus propios fluidos.

A Gerti se le quita de los hombros la materia con la que estaban hechos sus sueños, y se echa en el suelo en un montón. Ella agita su ruina vital sobre este hijo de hombre, que no quiere otra cosa que palparla y llenarla lo antes posible. Testaruda, se queda pegada a este nido de luz que la iluminación interior del coche difunde sobre ella. Intenta no obstante levantarse, saltar hacia la vida de la que acaba de venir. En el techo que cubre sus dos cuerpos, está atado e inamovibles un par de esquíes. Juntos están los más amados, y siempre están dispuestos a caerse de la escalera de sus sentimientos, porque en los felices ojos de la pareja les molesta algo que no habían elegido en el menú. Enseguida se conocerán más de cerca, y manipularán hábilmente los platos de sus destinos.

En el coche hace un calor tan dulce que la sangre relumbra por el cuerpo. En la naturaleza se ha hecho entretanto un bostezante vacío. A lo lejos no gritan los niños. En este instante gruñen amordazados en las severas habitaciones de las granjas, donde sus padres han tronado al atardecer, así que a las mujeres se les pone en las manos la grandeza de los hombres en efectivo. Fuera, el aliento se hiela en la mandíbula. Sin embargo, esta madre ya está siendo buscada intensamente por sus nada allegados. Su omnipotente, el director de la fábrica, este caballo con su gigantesco abdomen, que echa humo antes de ser asado, querría poner sobre ella unos brazos y piernas desmesurados, pelar impaciente su fruta y chuparla enérgicamente, antes de penetrar con su permanente. Esta mujer está ahí para picar y morder. Él querría arrancar la piel a su mitad inferior y engullirla, todavía humeante, espaciada con su buena salsa. El miembro espera diestro entre sus muslos. Junto al pesado saco se apiña el pelo, ¡enseguida se descargará en su cabeza doblegada! Una sola mujer basta cuando el hombre, hinchado por el hambre, sigue su camino recto. Le gustaría golpear fuerte contra su vientre con los intestinos, para saber si hay alguien en casa. Y, aún de mala gana, los labios deberían separarse para, constreñidos en unas enjuagadas braguitas rosas, poderse comparar con otros, similares, conocidos con anterioridad. Además, este hombre prefiere el comercio oral y anal a todos los demás jardines de infancia del comercio carnal. ¿Qué más puede hacerse, sino refrescarse, retirar el capuchón protector, agitar los rizos y dejarse ir alegremente? Nadie se pierde, y no se oye ningún ruido.

La directora es envidiada por la mayoría de las mujeres de aquí, que tienen que arrastrar consigo su amplio cuenco, en el que los hombres, con los pies metidos en agua caliente, abren sus esclusas y sus venas. Estas pesadas yeguas campesinas sólo tienen una posibilidad de hacerse elegir: cocinar un hogar para la familia a base de ruinas y desechos. Hasta en el patio crecen sus higos, pero los hombres gustan de ir a regar surcos ajenos. Y las mujeres se quedan en casa y esperan a que las revistas ilustradas les muestren lo bien que están, porque están recogidas y secas en los pañales de usar y tirar de sus feos trabajos domésticos. Pero qué suerte... ¡sus amables jinetes gustan de montarlas!

8

Le invito seriamente: ¡Aire y placer para todos!

La mujer viene ahora, por favor espere. Antes tiene que recuperarse: Al besar (fuera del panelado del distribuidor, donde usted quiera derramarse) será bueno que pongamos los cinco sentidos. El estudiante se ha pintado en tan bellos colores que ella se deja manosear torpemente. Él le pone el brazo entre los muslos. Con la mirada en la dirección de la marcha, se cuida de sí mismo al dirigirse a su ropa, que básicamente consiste en un simple pijama, que no seguirá en su sitio mucho tiempo. Así como muchos tienen que tomar horribles autobuses (y sufrir terribles penas si se sientan demasiado tiempo sobre el genital equivocado. El propietario, o mejor, asesor de sus trinos y deseos se acostumbra demasiado a nosotros y ya no nos deja salir de su vivienda a ras de tierra. Lo de la trinidad tengo que explicarlo: La mujer está dividida en tres partes. ¡Eche mano arriba, abajo o en el centro!) hasta que pueden entregarse a la cordialidad de los distintos estadios, donde poseen al otro sin comprender, donde braman y arrojan sus semillas y cáscaras, así, esta mujer no puede esperar más para calentarse un poco dentro de sí misma.

El baño del pasillo por sí solo no puede ser lo que, desconocido, nos arrastra en la hora más nocturna ante la puerta en la que miramos astutos en torno, para ver si alguien nos ve, la mano apretada contra el sexo, como si tuviéramos que perderlo en la próxima bifurcación, antes de poder meterlo en su propio estuche de conglomerado decorado a mano.

Entre muchas posibilidades de alojamiento, el joven solamente elige ésta, pero la pequeña estancia no se está quieta, ¡no, le precede incluso en la oscuridad y el frío! Gerti continúa ante él en el pesebre para animales del bosque. En este lugar ya muchos han hablado de besos, han sacado las linternas y arrojado sus sombras enormes sobre las paredes, para poder ser más a los ojos del otro que una sola persona colgada oblicua de un telesilla. ¡Como si pudiéramos crecer de pura lascivia, y lanzar otra vez el balón a canasta e incluso acertar! Un jugador puede tener mucha talla. Han sacado todo su ajuar para presentarse ante la pareja. Tantos perentorios ejercicios —conjugando suciedad e higiene— para poseerse mutuamente, como se dice, de forma inapropiada. En este estanco polvoriento terminamos, cuando dos objetos domésticos del corte geométrico más simple se mueven el uno hacia el otro porque quieren coserse (¡ser completamente nuevos!). ¡Ahora! De pronto en el pasillo hay una mujer en combinación, con una jarra de agua en la mano: ¿Ha conjurado una tempestad o solamente quiere hacerse un té? Instantáneamente, una mujer convierte el lugar más sencillo y más frío en un cálido pesebre. Es decir, la mujer puede crear un ambiente acogedor para un hombre antes de que éste lo pague con secretos o con su afecto. Con el joven, por fin ha entrado en su vida alguien que podría ser el mayor de los intelectuales. Ahora todo va a ser distinto de lo previsto, ahora haremos de inmediato un nuevo plan, nos hincharemos de veras. Que, ¿su hijo también toca el violín? Pero seguro que no en este momento, porque nadie aprieta su botón de arranque.

Ven, le grita a Michael, como si fuera a recibir dinero de un comerciante que odia a los clientes, pero que no puede renunciar a nosotros. Tiene que procurárnoslo todo para que paguemos. Ahora esta mujer quiere por fin hacerse infinita. Primero nos precipitamos, uno dos (también usted puede hacerlo, sentado aquí en su coche, tan limitado en su velocidad como en su pensamiento), sobre nuestras bocas, después sobre cualquier otro sitio vacío en nosotros, para aprender algo. Y ya nuestra pareja lo es todo para nosotros. Enseguida, en unos minutos, Michael penetrará a Gerti, a la que apenas conoce o tan sólo ha visto, llamando a su puerta como el revisor de un tren, siempre con un objeto duro. Ahora le saca el pijama por la cabeza, y en una excitación que a sí mismo se recomienda lleva a esta mujer, hasta ahora yerma, a colocarse espantosamente a la cola delante del mostrador, en la que también nosotros estamos, con el dinero abombando tras la bragueta. Somos nuestros más encarnizados enemigos cuando se trata de cuestiones de gusto, porque a cada uno le gusta algo distinto, no es cierto. Pero ¿qué ocurre cuando, viceversa, queremos gustar a alguien? ¿Qué hacemos ahora, llamar al sexo en nuestra pereza sin límites, para que se haga cargo del trabajo?

Michael se coloca las piernas de la mujer sobre los hombros, como los cables de un trolebús. En su pasión investigadora, observa entretanto atentamente su sucia grieta, una cartilaginosa versión especial de aquello que toda mujer posee en otro tono de lavanda o lila. Retrocede y observa con precisión dónde desaparecerá una y otra vez, para volver a aparecer bruscamente y convertirse en un completo gozador. Con todos sus defectos en todo caso, de los que el deporte no es precisamente el menor. La mujer le llama. ¿Qué pasa entonces con su guía, su seductor? Sin que se haya dado a Gerti la ocasión de lavarse, su orificio aparece turbio, como recubierto de un envoltorio de plástico. Quién puede resistirse sin meter enseguida el dedito (se pueden coger también guisantes, lentejas, imperdibles o cuentas de cristal), enseguida se cosechará el asentimiento entusiasta de su parte más pequeña, que siempre sufre de algo. El indómito sexo de la mujer parece como carente de un plan preciso, ¿y para qué se emplea? Para que el hombre pueda dedicarse a la Naturaleza. Pero también para los hijos y nietecitos, que de algún sitio quieren venir a la merienda. Michael mira la complicada arquitectura de Gerti, y grita como si lo estuvieran despellejando. Como si quisiera sacar un cadáver, tira de los pelos de su coño, que apesta a insatisfacción y secreciones, delante de su rostro. Al caballo y su edad se les conoce por los dientes. Esta mujer ya no es tan joven, pero de todas formas esta ave de presa iracunda todavía aletea delante de su puerta.

Michael ríe, porque es único. ¿Nos hace esta actividad tan listos como para poder saltar a otra, hablar y entender? Los genitales de las mujeres, infamemente encastrados en la montaña, se distinguen en la mayoría de las características, afirma el experto, de forma similar a las personas, por lo demás, que pueden llevar los más variados tocados en la cabeza. Sobre todo entre nuestras damas se da la mayoría de las diferencias. Ninguna es como la otra; pero al amante le da igual. Ve lo que está acostumbrado a ver del otro, se reconoce en el espejo como su propio Dios, que camina y va a pescar a los fondos marinos, tira el anzuelo y ya puede colgar del goteante paquete la próxima cliente para golpear y penetrar. La técnica no son los poderes del hombre, es decir, no es lo que le hace tan poderoso.

Mire a cualquier parte, y los ansiosos de éxtasis, esa mercancía integrada y semiaislada, le devolverán la mirada con ojos saltones. ¡Atrévase a algo que tenga valor! ¿O es que el sentimiento, esa guía de viajes que no conoce los lugares, comienza a germinar en sus cables abiertos y tendidos sobre el cráneo? Al crecer no tenemos que estar mirándolo, podemos buscarnos otro discípulo al que poder despertar y con el que poder divertirnos. Pero los ingredientes están removidos, como nosotros. Nuestra pasta sube, impulsada en su interior nada más que por aire, un hongo nuclear, por encima de las montañas. Una puerta se cierra de un golpe en el castillo, y volvemos a estar solos. El alegre marido de Gerti, que siempre bambolea tan despreocupadamente el pincel de su pene, como si sus gotas cayeran de un tronco mayor, no está aquí ahora para extender la mano hacia su mujer o arrancar al niño el instrumento. La mujer ríe a carcajadas al pensarlo. Con fuertes golpes de émbolo, el joven, que resulta agradable visto ante una pared de madera, porque no está tieso como una tabla, intenta abrir el interior de esta mujer. En este momento está alegremente interesado, y conoce el cambio que incluso las mujeres sencillas son capaces de experimentar bajo el ardiente, recién hecho y agradablemente aromático paquete sexual del hombre. El sexo es indiscutiblemente nuestro centro, pero no vivimos en él. Preferimos alojamientos más espaciosos y con aparatos suplementarios, que podamos conectar y ejecutar a voluntad. Íntimamente, esta mujer ya aspira a volver a su pequeño jardín doméstico, donde ella misma pueda recoger las bombillas de su conchita y conducir por dentro de las líneas de su sufrimiento. Incluso el alcohol se disipa un día. Pero ahora, casi aullando de alegría por el cambio que ha querido, el joven escudriña su confortable taxi. También mira debajo del asiento. Abre a Gerti y vuelve a cerrar de un portazo tras de sí. ¡No se ha hallado nada!

También gustamos de ponernos capuchones higiénicos, para no enfermar. Por lo demás, no nos falta de nada. E incluso cuando los señores levantan la pierna y orinan en sus acompañantes no pueden quedarse, tienen que seguir corriendo, sin descanso, hasta el próximo árbol, al que los gusanos de sus genitales se aferran iracundos hasta que alguien los recoge. El dolor se dispara como un rayo dentro de las mujeres, pero no las daña tan permanentemente como para que tengan que llorar por los muebles carbonizados y los utensilios abrasados. Vuelve a escurrir de ellas. Vuestra compañera querrá renunciar a todo, salvo a vuestros sentimientos; ella misma produce gustosa ese alimento de los pobres. Creo incluso que es especialista en cocinar y conservar el corazón de los hombres. Los pobres prefieren echarse a un lado sin que los ahuyente ningún compañero de viaje. Incluso sus colas se abaten ante ellos, y las gotas les escurren del corazón. Sólo dejan atrás pequeñas manchas en la sábana, y nosotros salimos con ellas.

En todo caso, lo único razonable que entra en algunos vasos es el vino. El director de la fábrica mira demasiado el fondo del vaso, hasta que ve el suelo, y así quiere desbordar de su poderoso recipiente, directamente sobre su Gerti, que ha plantado delante de él. Se desnuda inmediatamente al verla, y su tormenta se precipita de sus nubes antes de que ella pueda ponerse a cubierto. Su miembro es grande y pesado, llenaría una sartén pequeña si se pusieran los huevos al lado. Antaño ha ofrecido su miembro a muchas mujeres, que han pastado gustosas en él. Ahora, la hierba ya no riega el suelo. Deformado por su abundante tiempo libre, el sexo del hombre reposa en los sillones del jardín y se arrastra por caminos de grava, a los que mira satisfecho desde su faltriquera, en la que es transportado y da saltitos, mesurado y ocioso, como la pelota de un niño. El trabajo, junto con sus utensilios, conforma rápidamente al hombre como el áspero animal como el que fue pensado. Un capricho de la Naturaleza hace que a la mayoría de los hombres su sexo se les haya quedado demasiado pequeño antes de que hayan aprendido a llevarlo correctamente. Ya están hojeando en el catálogo de modelos exóticos para hacerse impulsar por motores más potentes, que a la vez consuman menos combustible. Cuelgan sus calentadores eléctricos de inmersión en lo que más cerca tienen, y eso es lo más familiar, eso son sus mujeres, en las que tampoco confían del todo. Gustan de quedarse en casa para vigilarlas. Después desvían las miradas hacia la fábrica, envuelta en la bruma. Pero si tuvieran un poco más de paciencia, irían en vacaciones hasta las orillas del Adriático, en el que podrían sumergir sus inquietas espitas, cuidadosamente depositadas en el suspensorio elástico del bañador. En esos casos, sus mujeres llevan bañadores sucintos. Sus pechos han hecho amistad entre sí, pero gustan de trabar conocimiento con una mano ajena, que, sin embargo, sólo los arranca de sus tumbonas en las que se mecen suave y ociosamente, los arruga entre los dedos y los arroja en la papelera más cercana.

Hay indicadores en los caminos, que señalan la ruta de las ciudades. Sólo esta mujer tiene que inmiscuirse en la vida de niños que deben aprender a caminar rítmicamente por la senda de su vida. ¡Tranquilicémonos un poco, antes de poder seguir por dentro de nosotros! Este lugar sigue siendo frío y boscoso. Huele a heno, a la paja para el animal que llevamos dentro. A menudo se ha ido de paseo en este lugar. Muchos han espumeado aquí —daría a cambio todo el sexo de su mujer, para cosechar aún más mujeres en el sitio en que lo han sembrado—, como si hubieran ganado una carrera de coches. O como si hubieran tenido algo que dar. Uno ha tirado un preservativo antes de dirigir sus pisadas de vuelta a casa. La mayoría no tiene ni idea de todo lo que se puede hacer con la enervante melodía del clítoris. Pero todos han leído las revistas pertinentes, que demuestran que la mujer tiene más que ofrecer de lo que originariamente se pensaba. ¡Por lo menos unos milímetros más!

El estudiante aprieta a la mujer contra él. Echando mano a su olla repleta, puede controlar el silbido que escapa por la válvula. No quisiera eyacular aún, pero tampoco querría haber esperado en vano. Con manos hábiles, pellizca a la mujer en la parte más indecorosa de su carne, blandamente asentada en su caja acolchada, para que tenga que abrir más las piernas. Hurga en su sexo somnoliento, lo retuerce en un embudo y lo suelta bruscamente con un chasquido. ¿No debería disculparse por tratarla peor que a su equipo de sonido? Le da una palmada en el trasero, para que se vuelva a poner de espaldas. Sin duda que después podrá dormir bien, como los seres que han trabajado honradamente, se han catado el uno al otro y han costado un tanto.

Con las manos aferradas a su cabello, el estudiante penetra rápidamente a la mujer, sin mirar al mundo, donde sólo los más bellos son cuidados y atendidos, con una parada para repostar cada dos mil kilómetros. La mira, para poder leer algo en su rostro deformado por su marido. Los hombres son capaces de desprenderse del mundo tanto como quieran, sólo para después volver a unirse con tanta mayor fuerza al grupo de viajeros al que se han sumado, sí, ellos pueden elegir, y quien los conozca sabe a qué nos referimos: al mundo de los hombres, que abarca a unas dos mil personas del deporte, la política, la economía, la cultura, un mundo en el que los demás fracasarán; pero ¿quién abraza apasionadamente a estos pequeños bocazas hinchados? ¿Y qué ve el estudiante, más allá de su prestancia física y su detestabilidad? La boca de la mujer, de la que fluyen chorros, y el suelo, desde el que su imagen le sonríe. Se entienden sin la protección de un servicio de orden o un preservativo, y ahora el hombre se gira a medias, para poder observar su duro sexo al entrar y salir. El estuche de la mujer gime, la hucha de cerdito ronca, está destinada a recibir, sólo para tener que devolverlo todo enseguida. En este acto, ambas cosas son igual de importantes, dígaselo al empresario moderno, que alzará las cejas con gesto de terror y levantará en alto a sus hijos para que no pisen la ira de los inferiores.

Lentamente se calman los espasmos de la mujer, que el hombre ha perseguido de este modo. Ha tenido su ración, y quizá reciba otra. ¡Tranquila! Ahora hablan sólo los sentidos, pero no los entendemos, porque bajo la superficie de nuestro asiento se han transformado en algo incomprensible.

El estudiante se desparrama en el comedero de animales. Ahora ven la noche, vestida de negro, romper por fin. Otros se dan la vuelta antes de haberse tumbado apasionados al lado del otro para pensar en personas de cuerpos más hermosos, que han visto retratadas en alguna revista. Cuando Michael se quitaba sus esquís, no contaba con que el deporte, esa infinita constante de nuestro mundo, con domicilio estable en el televisor, no cesa sólo porque uno ya se haya limpiado los zapatos. La vida entera es deporte, y su ropa nos anima. Todos nuestros parientes de menos de 90 años llevan pantalones de *jogging* y camisetas. El periódico del día siguiente ya está a la venta, para poder elogiar la velada desde el día anterior. Otros son más bellos y más listos que nosotros, y eso está escrito. Pero ¿qué pasa con aquellos a los que no se menciona, y con su pene bullente, pero no muy activo? ¿Adónde debe esta gente encaminar sus pequeños flujos? ¿Dónde está la cama a la que entren sedientos y de la que salgan consolados? En la tierra están juntos, todo el tiempo, con sus preocupaciones y sus lamentables órganos, pero, ¿adónde deben echar el anticongelante que ha de protegerlos en invierno, para que su motor no se cale? ¿Dónde negocian con ellos mismos, y dejan al sindicato negociar con ellos? ¿Qué cuerpos aromáticos se apilan, cordilleras, en su camino hacia ser una res criada por sus manos, a la que aplicar el cuchillo, y una familia criada por sus manos a la que aplicar el batán? Porque los bullentes, que la mayoría de las veces tienen que ser también los más activos en el trabajo, no son meras piezas decorativas en nuestra vida, cogen sus miembros y quieren meterlos en algún sitio. No olvidemos que somos personas para alcanzar algo, meternos los unos en los otros, para que el átomo no venga a derruirnos.

Antes de que el minutero de la felicidad los acaricie, ya ha escapado de Michael un fluido, el amado bien de su casa. Nada más. Pero en la mujer, que quería vivir y obtener lo máximo, se han activado centrales no nucleares. Se ha abierto un manantial con el que soñaba en secreto desde hacía décadas. Tales ímpetus brotan del inmutable caballo que tira del cuerpo del hombre y es fustigado por atractivas mujeres, y alcanzan pronto hasta las ramificaciones más diminutas del ser femenino. Un incendio devastador. La mujer aprieta contra sí a este hombre como si hubiera brotado de ella. Grita. Pronto, totalmente infatuada por sus sensaciones, se irá y sembrará la cizaña en el pequeño reino de su casa, para que allí donde la semilla toque la tierra broten pequeñas mandrágoras y otras plantas enanas en su obsequio. La mujer pertenece al amor. Ahora tendrá que volver una y otra vez a este hermoso parque de atracciones. Sólo, porque este joven ha sacado su badajo, entretanto ya casi inútil, y se despide con una seña hasta la próxima vez, su frente con el grano arriba a la derecha gana para Gerti una nueva significación, siempre necesitada de renovarse. En el futuro, estará sujeta a la rica armería que este experimentado seductor mantiene oculta tras la bragueta. Desde ahora, su alegría será habitar en Gerti. Pero el tiempo vuela, y pronto, en el momento oportuno —porque el verano, más allá de las montañas, sacude los abdómenes de mujeres y chicas tan tempestuosamente que quieren ser lustrados de continuo—, tendrá que buscar alojamiento en el café cantante de la ciudad, donde las veraneantes acuden en sordos enjambres plomizos, prestos a caer cuando llegue la noche. Para poder desfogarse, Michael tiene que revestirse de goma y hacer una selección entre las mujeres en ropa de esquí comprada por correspondencia, a por las que después se lanzará. Cuidadas bellezas naturales, espumoso natural y cuidado sexo natural, es lo que más le gusta, ¡los granos maquillados como los que él mismo tiene podrían espantarlo a kilómetros de distancia de un rostro desconocido!

Seguro que mañana, mucho antes de que abran, la pobre Gerti estará plantada ante el teléfono y lo importunará. Este Michael, si las señas que nos da —y que ha obtenido de diversas revistas ilustradas—, no mienten, es una imagen rubia sobre una pantalla de cine, en la que su aspecto es de haber estado largo tiempo al sol, con gel en los cabellos, sólo para llevar despacio nuestros dedos a nuestro propio sexo, a falta de otro mejor. Es y sigue siéndonos distante, incluso desde cerca. Le complace vivir en la noche y mantenerla viva. Este hombre no gusta de contenerse. También es difícil explicar el relámpago: En la edad madura, las mujeres somos empujadas detrás de la cerca para arreglos de fin de semana, ¡a una de nosotras la conseguirá antes de que tengamos que partir!

Conduzca con cuidado. ¡Quizá aún le quede algo que tales hombres puedan necesitar!

Los animales comienzan a dormir, y Gerti ha arrancado el placer de sí, ha atizado esa pequeña chispa de un mechero de bolsillo, pero ¿de dónde viene la corriente de aire? ¿De ese agujero en forma de corazón? ¿De otro corazón amante? En invierno esquían, en verano llegan mucho más lejos, a la amable luz a la que juegan al tenis, nadan, se desnudan por otras razones o pueden desbordar otros nidos de pasión. Si los sentidos de las mujeres se equivocan un día, se puede estar seguro de que yerrarán también en otras cuestiones, son capaces de cualquier asquerosidad. Esta mujer odia su sexo, del que hace poco que salió.

Los más sencillos callan pronto tras sus jardincillos. Pero esta mujer ya grita por la imagen divina de Michael, que le ha sido anunciada por fotos que se le parecen. Antes, él viajaba veloz por los Alpes. Ahora ella grita y arrastra el chasis de su cuerpo en todas direcciones. La pendiente es pronunciada, pero la inteligente ama de casa planea ya, tumbada, entre gemidos y contracciones, el siguiente encuentro con este héroe, que debe dar sombra a los días cálidos y calentar los fríos. ¿Cuándo podrán encontrarse sin que la pesada sombra del marido de Gerti caiga sobre ellos? ¿Qué pasa con las mujeres? El imperecedero retrato de sus placeres les importa más que el original perecedero, que tendrán que exponer tarde o temprano a la competencia de la vida, cuando, febrilmente encadenadas a su cuerpo, deban mostrarse en público en la pastelería, con un vestido nuevo y un hombre nuevo. Quieren contemplar la imagen del amado, ese hermoso rostro, en el silencio de la pocilga conyugal, apretadas a alguien que de vez en cuando se refugia pesadamente en ellas para no tener que mirarse a sí mismo todo el tiempo. Toda imagen descansa mejor en la memoria que la vida misma, y, abandonadas, hojeamos ociosamente nuestras hojas sonoras y nos sacamos los recuerdos de entre los dedos de los pies: ¡Qué hermoso fue abrirse un día de par en par! Gerti puede incluso cocerse al piano, y presentar al marido sus panecillos recién hechos. Y los niños cantan tralalá.

Nos merecemos todo lo que podemos soportar.

En las praderas hace frío. Los inconscientes piensan poco a poco en marcharse a dormir, para perderse por completo. Gerti se aferra a Michael, puede mirar hasta el confín del mundo y no encuentra a nadie como él. Este joven ha podido ilustrarse ya muchas veces en la escuela de la vida, y hay otros ya que se rigen por su aspecto y sus gustos, que siempre rastrean la mercancía auténtica entre las claras falsificaciones. Aquí la mayoría de las casas cuelga inclinadas sobre sus pilastras. Con sus últimas fuerzas, los establos de los animales pequeños se aferran a las paredes. Los que sin duda han oído algo acerca del amor, pero han dejado de llevar a cabo la correspondiente adquisición de bienes, tienen ahora que avergonzarse ante su propia pantalla, en la que un hombre acaba de perder el juego en el que se jugaba el recuerdo que deseaba dejar a sus seguidores y espectadores en sus sillones de televisión favoritos. Sea como sea: tienen el poder de retener la imagen en la memoria o tirarla peñas abajo. Yo no sé, ¿he apretado el gatillo erróneo en el arma del ojo o he tomado el desvío equivocado en el reino de los sentidos?

Michael y Gerti no se cansan de tocarse, cerciorándose de que aún están ahí. Las manos se aferran mutuamente a las bien provistas partes sexuales, que han vestido de fiesta, como para un estreno. Gerti habla de sus sentimientos, y de hasta dónde le seguiría. Michael se sorprende, despertando lentamente, de la mano que ha caído sobre su proyectil. Querría volver a estallar de inmediato: aparta la mano y muestra su remo arrebatador. Tira de los cabellos a la mujer, hasta que ella aletea sobre él como un pajarillo. Enseguida la mujer, despertada de la narcosis sexual, quiere volver a utilizar sin freno la boca para hablar. En vez de eso, tiene que abrirse de par en par y dejar pasar el rabo de Michael al gabinete de su boca. Él penetra en ella, para que su chorro pueda aparecer suavemente. Cogida por el pelo, la mujer golpea contra el firme y fresco vientre de Michael, después su cabeza vuelve a echarse atrás, sólo para deslizarse nuevamente, con el rostro por delante, sobre el cayado de él. Así transcurre un rato, no entendemos que muchos miles de apáticos se revuelquen al mismo tiempo en sus preocupaciones, forzados por el terrible dios en su iluminada fábrica a la constante separación de su amor durante toda la semana. ¡Espero que su destino tenga la cintura ajustable, para que tenga más espacio!

Estos dos quieren derrocharse, porque tienen bastantes reservas de sí mismos. Se alzan en un maremoto, estos seres magníficos y volubles, que tienen en casa los últimos catálogos eróticos. ¡Precisamente aquellos que ya no necesitan todo eso, porque son lo bastante queridos para ellos! Pueden ofrecerse a sí mismos. Se derraman sobre sus presas y diques, porque se afirman desamparados, expuestos a cualquier experiencia que constantemente les ocurra, porque cualquier objetivo les parece bien. De repente, Gerti no puede evitar orinar, al principio tímidamente, después más fuerte. El espacio es demasiado pequeño para su olor. Se sube la falda por encima de los muslos, pero el cinturón se moja un poco. Jugando, Michael pone las manos debajo y coge en el hueco de las mismas algo del chorrito claramente audible. Riendo, se lava con ello la cara y el cuerpo; derriba a la mujer con el puño y muerde sus labios todavía mojados, que exprime con fuerza. Después arrastra a Gerti a su propio charco, en el que la revuelca. Ella tiene los ojos vueltos hacia arriba. Pero allí no hay ninguna bombilla, allí está oscuro, el interior de su cráneo que ríe. Es una fiesta, estamos solos y nos entretenemos con nuestro sexo, nuestro más querido invitado, que no obstante querría ser alimentado todo el tiempo con exquisiteces escogidas. A la mujer se le vuelve a arrancar del cuerpo la falda recién puesta, y se lanza al fondo del heno. Sobre las tablas del suelo, una mancha roma y húmeda como de un ser superior, que nadie ha visto pasar. Como iluminación tan sólo la luz de la Luna, que será tan amable de quedarse, de posarse sobre una amada presencia. Y de retener una amada presencia.

Las pálidas bolsas de los pechos descansan sobre su caja torácica, sólo un niño y un hombre los han necesitado antaño y ahora. Sí, el hombre de casa siempre cuece de nuevo su impetuoso pan del día. También se pueden operar, si a la hora de comer cuelgan hasta la mesa. Han sido hechos para el niño, para el hombre y para el niño que hay en el hombre. Su propietaria sigue lanzándose a su rezumante excremento. Tirita de frío, con los huesos y las articulaciones. Michael muerde con fuerza, burbujeando en las profundidades, en su vello púbico, y tironea y retuerce sus pezones. Enseguida los dones que Dios le ha dado se alzarán en él y querrán ser escupidos, comprimidos rápido en el paquete del rabo y expulsados, ¿o vamos a esperar? Se ve el blanco de los ojos de ella, a la vez se oyen fuertes gritos.

De pronto, el joven tiene miedo de lo íntegramente que podría derrocharse sin desaparecer del todo. Sale una y otra vez de la mujer, sólo para enterrar nuevamente en su cajetín a su libre pajarillo. Ahora ha chupado todo el cuerpo de Gerti, poco después podría ejecutarle el rostro con su lengua, de la que todavía pende el sabor de sus orines. La mujer salta hacia él, muerde. Duele, y sin embargo es también lenguaje, tal como el animal lo entiende. Él levanta su cráneo del suelo, siempre por los cabellos, y le golpea la nuca allá de donde él la ha cogido. Enseguida ella abre la boca, y es explorada a fondo con el pene de Michael. Sus ojos están cerrados. Mediante fuertes rodillazos oblicuos, la mujer es obligada a abrir nuevamente los muslos. Por desgracia esta vez no es del todo nueva, porque ya lo había hecho antes exactamente igual. ¡Ahí estáis por fin dentro de vuestra piel, y vuestra ansia sigue siendo la misma! Es una infinita cadena de repeticiones, que cada vez nos gustan menos, porque los medios y melodías electrónicas nos han acostumbrado a llevar cada día algo nuevo a casa. Michael abre a Gerti a izquierda y derecha, como si quisiera clavarla en cruz, y no, como realmente proyecta, echarla al cesto con las otras prendas raras veces usadas. Mira fijamente su ranura, ahora ya conoce su contenido. Cuando ella se vuelve, porque no soporta sus miradas escrutadoras, apoyadas por unas manos que pellizcan y hurgan, recibe un par de pescozones. Él quiere y puede verlo y hacerlo todo. Muchos detalles no se ven, y, si es que va a haber una próxima vez, habrá que hacer más luz con la linterna antes de salir, transfigurado, de la noche al taller de reparaciones. La mujer debe aprender a soportar las miradas de su señor en su sexo antes de depender demasiado de su rabo, porque allí pende aún mucho más.

El heno cae sobre ella y la calienta un poco. El maestro ha terminado, la herida de la mujer se ha esponjado, y con un fuerte tirón de su aparato Michael indica que desea retirarse de nuevo a su propio y desembarazado cuerpo. Ya ha sido un podio para esta mujer, desde el que ella hablará de sus afanes y de su nervudo torso. Así se convierte uno, sin ser fotografiado en ropa interior y enmarcado, en el centro de un dormitorio bien amueblado. Este joven ha creado y labrado todo este esplendor, esta blanca montaña de carne estremecida que se extiende ante él, y a la que él, como el bravo sol del atardecer, ha pintado colores en el rostro. Ha tomado en arriendo a la mujer, y puede ir a los pliegues bajo su vestido siempre que quiera.

Gerti cubre a Michael de besos cariñosos y acariciantes. Pronto volverá a su casa y a su señorito, que también tiene sus cualidades. A suelo inflamado queremos volver siempre, y arrancar nuestro papel de regalo, bajo el que hemos enmascarado y escondido como nuevo lo conocido de antiguo. Y nuestra estrella en declive no nos enseña nada.

9

La mujer, que salió corriendo de allí, vuelve ahora, en un coche ajeno, a la quietud doméstica. Debe ser devuelta a su puesto en el cine del hogar. Una morada junto al fuego, que también pincha a otros en los ojos. Por la barbilla le corre un hilo de saliva, lo primero que llama la atención a su marido. El joven está preocupado por ella, porque ha mirado brevemente a la más remota lejanía y ha puesto sus manos húmedas sobre su rostro. Sin duda no es ésta la estación en la que uno se tumba al sol y pone su cuerpo a la vista. De repente vuelve a nevar. ¿Ha llamado ya el director a su compañía de seguros para que la mujer no pueda sustituirle sin más por un ciudadano más joven? Antes venía directamente del burdel, donde remoloneaba con aplicación y se hacía lavar, cortar y tumbar. Sí, en el prostíbulo de la ciudad provinciana sí que había mecido con seguridad la pesada canoa de su miembro. Eso ha quedado atrás. Hoy tiene que limitarse a entretener a su propia esposa, y eso con sus garras, sus dos testículos, su ano, porque con tales objetos se dirime el juego secreto cuando el niño está inconsciente. Este hombre es torpe incluso cuando lanza al espejo la imagen de su nueva corbata. Pasa como un grito por entre sus empleados, que se hacen los suecos, y siempre llegan tarde.

La casa ya está envuelta en su íntimo reposo nocturno cuando llegamos. Sólo en un dormitorio arde una luz inquieta, para distraer al precioso niño, que vomita en su cama ante la idea de ir a clase. En el dormitorio del niño, el director se atreve a desfogar su rabia. No se encuentra a gusto aquí, no gusta de oír el agua de la cisterna. Casi ha explotado en sus jugos cuando ha vuelto a descubrir botellas vacías de vino blanco de la clase ordinaria. ¿Es que no puede beber agua mineral y ser voluntariamente cariñosa con el niño? Le ha prohibido el vuelo tempestuoso del alcohol, pero ella sigue escanciándose vino alegremente. ¿Es que su animal doméstico se ha derrochado en otro sitio que con el toro de su casa? Inclina su boca sobre el niño, tan sigilosamente que no pueda moverlo a hablar. El niño duerme ahora. Sin hacer nada, el niño explica por qué vive el director. Descansa con la boca abierta en su propio cuarto, es más que lo que los niños de los habitantes de aquí han conocido de vista cuando han estado enfermos. ¿Quién en esta región es un niño, y tiene un espacio en el que quepa su cuerpo? ¿Quién puede mirar ositos y fotos de deporte, y a las estrellas del pop? Este niño ha sido situado en un lugar tranquilo por razón del estrépito sexual de sus padres. Sin embargo, es lo bastante listo como para acercarse al ojo de una cerradura y gritar él mismo cuando el bastón se abate para enturbiar del modo más superficial la bragueta de su pantalón. Y luego los gritos.

Clarividente, el niño sale a veces de las esquinas más oscuras, porque sus padres desconocen la contención en lo que respecta al despliegue de sus cuerpos, ¡siguen creyendo en el trabajo físico! Este placer les fue autorizado por la sociedad cristiana que los casara un día. El padre puede degustar infinitamente a la madre, meter la mano bajo los agujeros de su ofendida vestimenta, hasta que haya perdido hace tiempo el miedo a sus secretos.

Los que están lejos de nosotros yacen en sus camas, intrusos, para que mañana hayan descansado bien. Demasiado cansados como para ser llamados por el terrible Dios a la cumbre del tiempo junto a sus más amados, que murieron demasiado pronto. Mañana engullirán atropelladamente su desayuno y subirán al autobús camino de sus pequeñas obras; y sus obras más pequeñas, los niños, se sentarán a su lado, porque tienen que ir al colegio. El director de la fábrica de papel avanza solemne hacia el sillón, extremadamente grande, del coro. Y los que en su fábrica esperan la pensión de la empresa están, obedientes, en pie detrás de él. Sólo por la violencia no se han convertido en animales, pero viven como su superior dice a su mujer. No son incendiados por sus pálidas y fofas mujeres, y por tanto tampoco arde en ellos el fuego de los sentidos, como lo llamamos nosotros los señores. Quién podría imaginarse que el director, tras la Santa Misa, le baja las bragas a su mujer y mete primero uno, después dos dedos, para ver si el agua ya le llega al cuello. Me pregunto qué surge en las profundidades de los otros, queriendo estrecharse contra la alta dirección.

Ahora se ruega un poquito a Dios en este país católico-romano, para que todos vean que nos lavamos de las manos la sangre de la inocencia, que Dios, en un acto de esfuerzo, se ha transformado en sí mismo: Hombre y mujer, exactamente, ésta es Su obra. En las cartas al director de los periódicos son fieles a sí mismos, porque están integrados en la arquitectura cristiana, que siempre tiende hacia lo alto. No hay nada que decir contra el Papa, que pertenece a la Virgen María. ¿Cómo si no sabía cuán humilde, y sin embargo ansiosa de espíritu, es esta mujer? La mujer puede por ejemplo formar un tubo con la boca, en el que acoge de rodillas el miembro del director. ¡No haga como si nunca lo hubiera visto en sus pases privados! Como usted se supone que caminó también Jesús, eterno viajero por Austria y sus representantes, por su entorno, y miró si había algo que mejorar, que castigar o que encontrar. Y la encontró a usted, y la ama como a sí mismo. ¿Y usted? ¿Sólo ama el dinero que tienen los otros? ¡Sí, usted se le parece, así que escriba una carta a «La Prensa» e insulte a aquellos que no tienen Dios o, si lo tuvieran, no podrían establecer relación con él!

¡Todo esto nos pertenece a nosotros!

La mujer no presta ninguna atención a su glotis cuando el coche se detiene con un chirrido. Vocea como si estuviera recién engrasada, porque el vino sigue actuando, y la acaricia por dentro. Grita y grita, hasta que la noche se ha hecho alta y ancha y se encienden algunas luces. Enseguida se ilumina también su casa, y el hombre pesado que dirige una empresa se descarga en su cuerpo impertinente, probablemente de excitación por lo que creía perdido. Está ante esta cálida cueva de oso, en la que los aparatos tocan todas las piezas, incluso bajo los dedos de un niño. Gerti, eres tú, pregunta, yendo más allá de su propio y estrecho horizonte. ¿Quién en el mundo querría lo que él pierde? Enseguida, gracias a Dios, podrá volver a echar mano al centro, entre sus piernas, para ver si la cesta del pan sigue colgando lo bastante alto, fuera del alcance de otros. Ahora hay más migas dentro de ella. Después, su familiar herramienta trabajará, guiada por un honrado maestro, allí, en su patria después del matrimonio, donde ningún otro ha estado jamás. Cómo creerle. El hombre es lento cuando se trata de elegir entre varios dioses (deporte y política), pero muy rápido cuando, con las patas delanteras, pisa el escenario en el que todo le concierne a él y a su obra. El joven no se arredra ante el intercambio de miradas, y saluda. Junto con su pijama, la mujer bascula por una puerta lateral y no muestra nostalgia alguna de ser nuevamente apareada. Ha cambiado, y ha enterrado debajo de ella a un chiquillo, un cuerpo joven, que ahora piensa ociosamente en la comida. Cuando su marido le da la bienvenida, sabe que enseguida chupará por lo menos sus orejas. Pronto se encontrará bien, porque igual que de la mujer dispone del arte, ese iracundo cazador que caza en nosotros y en nuestras cadenas de sonido. El director ya está susurrando al oído de la mujer, una zafia zafiedad en toda regla, que enseguida va a ocurrir con su consentimiento. Es hermoso, la mujer está, de vuelta en casa, también el niño necesita a su madre. Le muestra cosas importantes, que de todas formas puede ver mucho mejor en la televisión.

Con las voces, Dios se manifiesta como Naturaleza exterior. Allí viven los empleados, y abren los brazos, pero no cae nada dentro de ellos. En lo que comen, se abren las heridas que el animal recibió en vida. Comen también las bolas de harina que han cocido, montones similares a sus cuerpos, sus risas desagradables. Informes también como su prole, la iracunda tropa sucesoria que corre tras ellos como los mocos por su rostro. ¡Sus hijos! Los que en una larga caravana (en el monte Calvario de la vida) atacan los nervios de la gente con lo que ellos y la TV llaman deporte. A veces se fragmenta una pequeña parte de la Humanidad, ¿no lo ha notado nunca cuando se sienta, con toda naturalidad, junto a alguien en un medio de transporte, porque, como él, no tiene usted recursos para comprarse un coche? Si la respuesta es sí, nadie más que usted se ha dado cuenta. Algunos de los descendientes que ha hecho usted de noche no sirven ni para la fábrica. Son presa del aliento que respiran en forma de alcohol. Ni siquiera sus enfermedades graves parecen afectarles. Es amable estar juntos, como puede observar aquí con el señor director, cuando se vive cálidamente con la mujer y el niño y las sombras de los cuerpos se proyectan la una sobre la otra, oscureciendo el mediodía, mientras otros tienen que ajetrearse: esto y más verá reproducido en la pantalla, ante su pobre curiosidad (y si quiere verse a sí mismo, sólo podrá ser en otro papel... ¡si es posible que no sea cartulina!). Bajo la quesera de sus anhelos, la gente del pueblo ve pasar a su director y observa que debajo de él queda sitio para por lo menos una persona, que él mismo se ha escogido. Todos van a trabajar a su fábrica. Estas reses en trenes pendulares, en departamentos mal acondicionados, en los que comen embutido y esperan a que el Estado los perjudique (los cubra con su sombra). La noche ha descendido lentamente y ha tomado asiento dentro de nosotros. Ahora durmamos.

El director va a alzar a su mujer medio del coche, medio de las propias manos húmedas del estudiante, y a ponerla en la superficie de este país. Al joven, para el que habrá un después y que no necesita ninguna fábrica de papel, a este émbolo rápido y joven lo vemos ayudar cortésmente, para que la mujer pueda ser llevada a su pocilga como mercancía de exposición. Ahora está hecho. Se oye contar que ha recogido a esta mujer, bebida, en la carretera. Ella sigue pareciendo confusa, desorientada, tiembla de frío. Junto a la entrada, se le ordena el esfuerzo de cruzar el umbral. Ésa es su caseta de perro, apareciendo allá donde descansan sus amores, que ha conseguido con su esfuerzo. Se tumban, apenas escapados de los ojos de Dios, ya con las manos entre los muslos. Sí, no pueden dejar su sexo descansar en paz, sus pequeñas pistolas tienen que escupir fuego constantemente. Les pertenece lo que (en sus eternos cuentos) han insuflado en el animal de rapiña de su miembro, que se desliza sin ruido. Incluso el niño desea ya esa doble presencia y gruñe (¡grita dos veces aquí! ¡Como persona y el representante de ellos, en pequeño, pero preciso!). El director carga, inmoderado, el arma en su panza. El niño escucha, además del arte y el deporte, la música pop en la radio, todo perfecto. En realidad el niño no me da pena, porque su madre ha vuelto a costas y cofres bien conocidos. Pesadamente, se pega al hombro de su marido, como brea a medio derretir. Desde el interior, el equipamiento de él ya tantea en busca de la pared del pantalón y el hogar de su agujero. La mujer se apoya flojamente en la vajilla que hoy no ha lavado, porque hay personal para ello. Los empleados domésticos son baratos, las mujeres ya no tienen sitio en la fábrica, donde, sin tener que convertirse en causa de seres vivos, podrían salir a la superficie del mundo. Estas mujeres son constantemente explotadas a cielo abierto o lanzadas a la noche. Paren niños. Si se nos ocurre que de noche solamente los ricos entran al reino del placer, entonces trabajan, ¡por fin! En algún momento tienen que hacerlo, ya que han nacido y se sientan en sus Mercedes: sólo ellos tienen derecho de conquista.

El pijama de vividora (comprado en el reino de la moda de los ricos. ¡En Viena!) baila en torno a la agotada mujer. El alcohol se ha enfriado en ella. ¿De qué vale el ruido que está armando ahora el director? ¿Por qué la mujer, vestida de forma indecente, se ha lanzado al antro de la Naturaleza? ¡Los perros no andan sueltos por ahí! Ella tose, cuando su marido le golpea en la nuca y en la conciencia. Él se deja vencer por la preocupación y abraza a la mujer contra su corazón, se enrosca en torno a ella, ya no necesitamos el pijama. Si se fuera de una vez el joven, que hace posible la comparación entre un cuerpo y este que estaba originariamente previsto y presentado a las autoridades de la construcción. En su momento, paciencia, podremos entretenernos todos con eso, salir de nuestra mala forma.

En su versión original, incluso este jefe de una fábrica de papel tenía mejor aspecto del que podemos imaginar ahora, en nuestra inhumana crueldad. Esta mujer ama y no es amada, eso la distingue de nada. Así como yo la señalo ahora con el dedo, no se puede en cambio prever el destino. La mujer es menos que nada. El joven se ríe del agradecido director, al que ha devuelto su perrito. Lee con frescura los gestos de un hombre que se considera su rival. Pero tampoco le importaría tener una fábrica de papel, en lugar de aprender trabajosamente el Derecho y la Ley. No puede sentirse igual y unido a los hombres que en la fábrica vacilan sobre inaccesibles escaleras, con los ojos plenos de beatitud, porque deben mirar a quien mantiene ocupados sus miembros y amores. ¿Y qué piensa el estudiante? Contra quién jugará al tenis mañana.

El señor director se lanza a un cálido fuego verbal. Allí se sientan y hierven aquellos que llevan ropa interior excitante y excitan a sus parejas hasta brotarles la sangre que se les dispara en los motores, de forma que quieren sin interrupción ir a trabajar con ellos. El rencor del mundo es más bien para los pobres, que no gustan de oírlo, caminando con sus hijos por la escarpada orilla donde la química se come el arroyo. Lo principal es que todos tengamos trabajo y nos llevemos de él una buena enfermedad a casa.

Como una pesada puerta descolgada, Gerti se hunde en el gozne de su marido. La pregunta es: ¿Aguantará cuando vengan las tormentas y la nieve, en un tiempo arrebatador? El joven aún tiene que tomar otro trago de ella, si es posible mañana mismo. Pero ahora será otro, más habitual, el que apriete sus fusibles hasta que se hagan las tinieblas. El director le ha dicho, en el lenguaje que le es propio, que esta mujer sólo debe descansar en el lugar que él le ha destinado como tumba, para que él pueda pellizcar sus mejores lados (izquierdo y derecho), sí, este ser le pertenece de forma tan cotidiana como su orinal. Ella siempre está allí, eternamente, de ahí la excitación cuando ella pierde el control y no se le puede encontrar. Todo lo que la fantasía inventa puede ser hecho con un miembro vivo, que se hincha y pronto desaparece, lo único que hay que preguntarse es con cuál. De amor se le aclaran a la mujer los ojos, como si se llamara a la puerta del paisaje. Se apoya el cayado en la pared y se mira si al fin fluye agua de la roca. A los sirvientes se les va el trabajo de las manos ¿y son felices? No.

Y el niño hace ruido, porque no puede dormir si la madre no tiene las ideas claras acerca de cómo el niño debe guiar sus pasos en la vida. Mamá, mamá, por la ventana sale una malvada cabecita, el fruto de su vientre con el gusano en él, asoma al viento. Sería mejor que este niño se durmiera ahora, para que no tuviera que ver. Hace mucho que su pasta ha sido amasada para poder andar y vagar en la noche. Y por la mañana temprano vagan los cansados, de *cuyo* cuello no cuelga belleza alguna, deambulan como los ciervos. Ahora el niño está ahí. Mañana estará embadurnado de mermelada, como su madre con el lodo de su padre y espíritu santo. A toda velocidad (a través del umbral) entra el hijo, que ha echado de menos a su mamá. El padre tiene que aclarar algo, y cierra la puerta en las narices del estudiante, para mostrarse divino y ponerse de acuerdo por las buenas. Para poder ir a abrir con toda tranquilidad los muslos de la mujer y mirar si ha habido alguien allí, en la pradera de la vaca sagrada. La madre cruza en diagonal el espacio hacia su hijo, esa tierra de nadie (en la que los gestos anuncian: estamos en casa, enteramente solos, pero tenemos que lavarnos todos juntos), bienvenida. El director quiere rodear a la mujer como el año al verano. Sólo falta que el día despunte. Sí, el niño tiene derecho a un entorno ordenado. Ese ladrón furtivo que es el amor, ¿quién no lo espera de hora en hora? ¡Usted también tendrá un cordero de peluche, que se dé a conocer! ¿Quién ha echado de menos a quién? Esta montaña existe por un solo motivo: el valle debe tener un fin, y debe volver a ir hacia arriba. La nieve es pálida. El hombre se dedica mucho a su fábrica, en la que se produce papel, para que a nosotros nos vaya bien. Y para que sepamos por qué. Ahora lo escribo claramente: Soy como cera en la mano del papel. También yo quisiera conocer a un hombre así, que tenga el poder de refabricarme en lo que yo diga.

Pero qué más queremos: Recibimos nuestro salario en la bolsa de nuestro fracaso, es decir, seguro que queremos llegar a algo y seguro que queremos poder ser también un poquito más, por lo menos sobre el papel. Y no puede faltar la sensación de que es culpa nuestra que estemos sentados en nuestra casa y sólo el teléfono sea nuestro invitado.

Este hombre no tiene corazón, como el fuego consume su casa y arrastra a su mujer. El niño empieza a gruñir. Fuera, un solitario tubo de escape llama la atención de los durmientes, que, como un animal, ventean el aire, pero no se atreven a decir nada. Ni siquiera han estado refugiados durante el día bajo un hermoso cuerpo, donde sus músculos pudieran irse a jugar. Llevan cargas que pesan sobre su felicidad, es decir: los pobres (y sus brazos) son necesarios. Ahora el joven se va. Y la mujer, apenas él ha abandonado la estólida masa del nidito en que han anidado, llama a la puertecilla que ha abierto hace años en la pared con el hacha de sus necesidades. Sin ojos mira al vacío, ¿adónde podrá encontrarlo? Pero los hombres son tan violentos que prenden sin respeto fuego a sus casas, donde sus familias todavía duermen y no entienden las cifras de los extractos de cuenta. En vez de eso, nos desnudamos para engañar a un hombre con nuestros genitales. Sí, los hombres tapan con su presencia todos los senderos. ¡Pero a usted le da igual que aquí haya alguien que siente, y se alía a la persona equivocada!

La nostalgia es un trocito de madera que esta mujer se ha aportado a sí misma. Necesita un poco de acción, porque en su casa no falta de nada, así que busca sus objetivos fuera, para pensar constantemente en ellos y removerlos, como sopas de sobre, en su agua que cuece revoltosa, y tocar un corazón ajeno. También el sínodo de la Iglesia católica necesita al lejano Papa, que va a venir a visitarnos. ¡Pero cuando esté en nuestra patria, de repente resultará que es un hombre como nosotros, yo le conozco! Para él todo el mundo llega el último, y debe perderse antes de alcanzar su meta. No así el amor. Por lo menos un hombre puede apoyarse en sí mismo. Pero la mujer no puede nunca apoyarse en ella. Así, los deseos que querría comprarse soplan alrededor de este sexo hirviente.

Dónde has estado, se dice a Gerti mientras se le golpea. El padre sacude al mismo tiempo al niño, que, allegado suyo, se aferra al vientre de la madre. Ahora renunciamos a exponer este grupo laocóntico, en el que el

125

uno cuelga del otro y quiere aparecer magníficamente grande.

Ahora la ira del hombre se ha desbordado. De su tubo sale la excitación, mitigada con un chorro espumoso. La mujer debe desnudarse de inmediato, para tener el tamaño preciso de sus dimensiones. Él quiere lanzar su rayo dentro de ella, ¡pero su fuego nunca se deja coger! Tiene cerillas suficientes como para poder encenderlo de nuevo y que la mujer consuma sus raíces, cocidas, hervidas, en escabeche. En la cama, el niño es tratado con un vaso de zumo. ¡Debe haber silencio! Dejar a la mujer solamente para el padre. No saltar sobre ella con voz chillona y tirar de su cuerpo. La madre está otra vez aquí, con eso basta. Y el pájaro del padre canta ya por encima de su surco. El hombre la arrastra al baño para procurarse violenta entrada y navegar sobre ella. ¡Qué hermoso que esté otra vez aquí, podría haber estado muerta!

Como una vacilante antorcha, el director se detiene ante el heno que hay en su cama, y se lanza. Se inflama el surco en el que ocurre lo sagrado, en este nocturno pajar austríaco, por donde pasan los trenes y se cuentan historias del animal sagrado que se apiña en torno al pesebre y a las prestaciones sociales. No hace mucho que ha pasado la Navidad, y el niño ha sido feliz con los esquíes que podrían ser su ataúd. Ahora es el turno de los deseos de primavera. El padre está en medio de su profesión y sus necesidades, y va de la una a las otras. Hace mucho que la mujer lleva cada minuto queriendo marcharse, conoce la juventud y sabe lo que ha perdido y dónde no ha perdido nada más. ¡Así ocurre cuando declinan los hombres que bromean con la vida! A la mujer le entra una lengua ajena en la garganta, y después hay que lavarse a fondo para quitar el gusto. El hombre golpea a la mujer desde lo alto del parapeto de su cuerpo. Ella cubre su rostro con las manos, y sin embargo, lo que es de los siervos se arrebata con violencia. Ninguna fuerza podría medirse con el vigoroso sexo del director, él no tiene más que creer en eso. ¡Toda nuestra selección nacional de esquí vive también de eso! Pero para la mujer es como si él estuviera borracho de su vida, como algunos de nuestros actuales importantes, cuyos nombres tan sólo provocarán la risa dentro de diez años. Esta mujer no querría más que juventud, de cuyos bellos cuerpos haría instantáneas para salir ella misma en ellas. Como del cielo le parecen venidas esas imágenes, mientras ya se le arrancan los brazos del rostro y el canto del padre desciende por sus mejillas, dejando a su paso rojas manchas de vino y de lágrimas. Me gustaría saber cómo si no se alimenta la gente (aparte de sus esperanzas). Parecen invertirlo todo en cámaras fotográficas y aparatos de alta fidelidad. En sus casas ya no queda sitio para la vida. Todo ha pasado cuando pasa el acto del comprar, pero nada ha terminado, de lo contrario ya no estaría allí. Los ladrones también quieren tener algo que celebrar.

El hombre espera hasta que su agua hierve. Después echa en ella a su mujer, a la que ha despojado del pijama. Su señal se ha elevado, la vía está libre. Y todo habla conforme al tono de su señal. Patea a su mujer en el regazo. No necesita ánimos por su parte, ya está muy animado. Es como si su rabo ya no pudiera hallar reposo, porque quizá otro se ha enterrado en su coño y ha ensuciado su suelo con su pedazo de salchicha. De pura ira, este hombre se desgasta, a sí y a su obra, demasiado pronto, demasiada energía se despilfarra entre bramidos, su bóveda truena. Todo en el exterior ha sido dominado con hielo y nieve. La Naturaleza suele hacerlo bien, sólo a veces hay que ayudarla a poder consumir su propiedad en nuestra mesa en calma y silencio. El hombre llueve humedad por delante y por detrás sobre la mujer, a la que pulimenta. Las pequeñas alfombras de sus pechos son sacudidas con fuerza. Como piedras le cuelgan sus sacos de dos kilos. Y sin miedo él rocía a la mujer con su tosca escoria, y vaga por ella, con el suelo firme bajo los pies.

El somnoliento niño, otra vez despierto, no debería sacudir de ese modo la puerta del baño, de lo contrario resultará rociado. El hombre obliga a la mujer a volver la cabeza hacia el recto tronco, porque quiere gritar. Su pájaro está despierto, y es encerrado en la jaula de la boca de ella, así le gusta, y aletea sucio hasta que en la garganta de la mujer se levanta una náusea que quiere crecer, y su vómito corre por su vástago y sobre la bóveda bamboleante de sus testículos. No hay nada que hacer. Se le saca el glande de la faringe, y la mujer es inclinada a medias sobre la bañera. El rabo está como una caña en torno a su lecho, en el que finalmente es depositado, doblan las campanas de sus pechos, el alcohol fluye como agua de ella, y gotea poderoso sobre su coño. No, el director no va a permitir a esta mujer salir tan fácilmente de su nido. No debe escuchar a sus sentidos, sino a él, que es como ella.

Solo por unos minutos ha saltado esta mujer a la arena en la que los consumidores aprenden a nadar. Ahora está metida en el agua del baño, y es enjabonada. Su pijama está hecho un guiñapo, tendrá que ser lavado, cosido y planchado. Al lavarla y pulirla, el hombre le arranca matas de pelo enteras del coño. Se enreda en las branquias de su vergüenza y desciende con dedos jabonosos hasta muy hondo en sus aguas subterráneas, donde antes depositara su poderoso paquete. ¡Ella patalea y lloriquea, porque le arde! Delante, en el pecho, donde los deseos hacen gimnasia en su ramaje, se echa mano exploratoriamente a las puntitas de embutido que alguien ha dejado, que son retorcidas con tres dedos y vueltas a soltar con lentitud. Duros como botones nos miran los fríos ojos de las areolas. Pero ya no le gustan al señor, ni aunque fueran de una reina. Ya repiquetean los terribles recipientes que tienen que recoger el contenido de los hombres. Y silbando cimbrean las puertas de las salas de espera ante los montones de huesos de los parados. También esta marea sabremos contenerla.

10

Pueden descansar en paz y seguridad. Pero antes el sol, que apunta por entre las horquillas de sus cuerpos, tendría que arrojar su luz centelleante sobre ellos. ¡Pueden hacer cosas por las que merece la pena tener un cuerpo! Pueden bajar las defensas y penetrarse mutuamente en varios golpes de cadera. Su cara está como en el cielo, y antes de que, como los guepardos, lleguen de un par de saltos hasta la fuente de los poderosos, ya se han apareado muchas veces, polvo fugaz en un rayo de sol. Sí. ¿Para qué si no tenerse y cuidarse con agua y duchas de emociones, como si los fueran a canonizar? Para cada trocito de su cuerpo han hallado amor y respeto en su pareja. Igual que los campesinos subarrendados, que tienen locos a los capataces porque siempre se duermen en el trabajo, golpean a sus bestias, las degüellan y desuellan, como han visto hacer docenas de veces en su propia piel. Con botas de goma —los zapatos bonitos se quedan en casa de la mujer hermosa, que se lava las axilas sobre el lavabo—, el pequeño propietario sale del establo. La sangre de los conejos que los niños han amado gotea de las mangas de su chaqueta. Pero también este hombre, que se halla en el mundo para vivir, es a veces una figura amable tras un matorral, al que desde la pista de baile arrastra a una muchacha que casi no sabe de qué se defiende.

Pero para los que viven a la luz que se cuela por sus persianas, las cosas son muy distintas: se acomodan maravillosamente el uno al otro, incluso cuando dejan que el tiempo acaricie sus cuerpos; apenas se ve, el tiempo, esa crema solar de la creación en la que algunos, protegidos de los fuertes rayos, pueden conservarse cómoda y tranquilamente. El tiempo parece haber pasado sin dejar rastro por mujeres como esta que aparece en la foto, metida en el cajón en que su marido la ha guardado bien, para su disfrute.

Los grandes, que ya van a la escuela del beneficio, no hacen sino preocuparse por el sector público, que cuelga pesadamente de nuestros monederos como este director de las bolsas de leche de su esposa. Por parte de sus propietarios se le ha dado a entender que los consorcios, tan magníficos en su codicia como en su ira, gustarían de jugar con los habitantes del pueblo una partida de cartas sobre su vida. Los hijos de los postergados aprenden pronto por qué lado se unta su pan: ¡Siempre hay que tener bien juntas las finas rodajas de la guarnición! Para que a la Caja de Ahorros para la Construcción le merezca la pena desembolsar la superprima. Y quizá el director pueda jugar también, y cantar además.

Él tiene otras preocupaciones, porque nadie soporta la vida en solitario. Él lleva en lo alto la raya del pelo, y en lo bajo el vellón de sus genitales, que va a regalar a su mujer hasta que le brillen los ojos, ¡ya verás! Su elevada renta mensual derrama una alegría inextinguible sobre su cabeza embotada por la bendición del dinero. ¡Pero a nosotros, figuras de siervos, nos han reconocido! Nos han reconocido y apreciado, porque en las profundidades hay vida, y la gente afluye a la taberna. Pronto habremos puesto nuestro animal en seco, donde un venenoso rocío caerá desde el banco emisor sobre su miseria. Nuestro crecimiento demasiado fuerte sufren los que no cuentan, que no pueden adelantar los pies más allá de donde ven, que tienen que calibrar las horas de viaje antes de presentarse, con las cabezas descubiertas, ante sus propósitos y sus prebostes. Sus deseos no pueden ser cumplidos, y caen bajo la guadaña de los recortes presupuestarios (¡oh, los ahorros de las gentes!). Sí, este director está del todo en su elemento. Pone freno a los pasos desmedidos, porque es inconmensurablemente rico para la gente que aprende a caer a su lado sin ruido, como las hojas, para no molestarle cuando toca el violín. No ve razón para contenerse tras las barreras de su cinturón, que le viste bien, porque quizá otro ha habitado en su mujer como sólo él puede haber habitado. Gracias por haber escuchado mis insultos.

Suavemente, como el trueno contenido que puede ser cuando está contento con su mujer, se inclina sobre su piel, que exhala vapor como la de un animal. Ahora, ella quiere dormir. Pero este deseo que la anima no ha sido dictado por la cordialidad. Está llena de su pasado reciente, y si nos acercamos mucho, lo advertiremos: el futuro pertenece a la juventud, si ha estudiado y sus padres han aprendido a enfrentarla entre sí en la lonja. Los hijos de los vecinos han de caer como fruta madura. Y esta mujer ya está abierta a un amor sin esperanza, mansa como la jaula de un conejo el día después de la matanza, ¡ya ha metido en ella todos sus muebles, y se le ha pegado un papel de flores! De su conchita sale un cominillo donde él, el estudiante, espera con todos mis lectores poder volver a entrar, instruido, de suave humor. Si todos nos mantenemos unidos y reunimos todo lo que tenemos, nuestros presentimientos se podrán confirmar. ¡No somos necesarios! Si podemos vivir bien, es como mucho en el recuerdo de un animal querido al que alimentábamos; o de una persona amada de la que nos hemos alimentado.

En cualquier momento, el director podría arrojar de cabeza al jardín a su mujer, que tenga cuidado si se vuelve a dar rímel en las pestañas. Él la dejará dárselo, pero su necesidad se despabilará como un manantial en el bosque, e inútiles lágrimas embadurnarán el rostro de ella hasta desfigurarlo, y manchas purpúreas (¡Gerti!) florecerán en el prado de su vientre. Además de por la pobreza, todo el mundo puede ser bataneado de otro modo, cuando el día despunta temprano y a uno le pasa el café por la garganta. No nos va bien a las mujeres cuando no amamos más que la limpieza de nuestra habitación y nadie nos abre cada día para controlar si algo se ha añadido a nuestros majestuosos órganos. Pero no hay que temer, seguimos siendo las mismas. Pronto el abismo se cubrirá con nosotras, igual que intentamos cubrir nuestras viviendas unifamiliares con Eternit fresco, y los intereses de los créditos caerán encima como sombras. Pronto el jefe vendrá al establo a por nosotras, bestezuelas, que estamos atadas a la cadena de nuestros deseos y somos pateadas. Quien tenga una pequeña granja y una casita adjunta será el primero en paladear el paro: así hablan los hombres que han comprado en una *boutique* celestial y se clavan después tras de sus escritorios, donde ya nadie puede calmarlos. Ni siquiera el suave frotar con que el agua escurre por el pincel de su sexo, con el que se pintan el uno al otro sus deseos, los amansa tanto como para portarse bien con sus bienes vivientes, esos temerosos empleados en sus celdas de condenado. A menudo tienen que viajar durante horas hasta llegar a casa, con su amada pareja, y poder conectar la corriente que recorre las sillas con un temblor.

No se come fuera cuando se ha construido una magnífica casa donde hincar los dientes en los cuellos ajenos. En la calle caen las sombras. Los que vuelven del trabajo quieren entrar a beber una cerveza en esta pobre casa. La frente del director no está marcada por el esfuerzo. Como artista del violín no es más que un principiante, pero aun así atraviesa a su mujer en cinco minutos. Está bien amortiguado cuando golpea expeditivo contra sus ubres con su cálido asidero, ¿ha visto cómo se lo acaba de meter en la boca? Sus palancas aún tienen algunas dificultades para aparcar. Pero los señores siempre se precipitan con gusto, como cataratas, a su pequeño asunto, y tienen prisa. ¡También en usted ardería un fuego colérico si todos los días se meara en su coño! Y fuera pasa un policía, ocupado, poniendo multas. Más de uno ha visto empequeñecerse a los fuertes ante una señal de prohibición, ¡pero a sus mujeres, en su cálido hogar, sí que pueden perseguirlas! (Esta bestia salvaje siempre está en posición. Las cortinas le acarician las manos frías, que no han tenido bajo ellas más que un montón de ropa interior.) Como un signo del Zodíaco, este señor, en el que se ha agitado la necesidad de excitación, se cierne sobre la mujer. Su lengua produce pulsaciones en la copa de zumo que ella tiene enclavada entre los muslos. Hay que poder mostrar el puño con el que se golpea sobre la mesa. En cualquier otra parte, gentes traqueteantes prefieren regular el tubo de escape y calientan sus motores para no llegar al trabajo demasiado tarde. ¡Pero por la noche se agitan como llamas, desenfrenados, si su mujer ha hecho una mala cena! Entonces hay jaleo, y la mujer levanta los ojos, como si acabara de trepar por los Alpes con sus heridas y excoriaciones. Estos hombres ya no tienen mucho tiempo para consumirse en pos de una hermosa meta que tenga pecho delante (que dé sentido a la llama que los quema). Incluso nuestros coches consumen ya nuestro último combustible.

El director se abraza a su vecina de lecho. ¿Quiere desembarazarse de ella, que tanto tiempo ha sido eliminada a su lado? Ella vive al lado, eche un vistazo, es alimentada artificialmente y no debe ir a buscar en edificios ajenos si alguien hace de hombre para ella y mete la lengua en su conchita. El director no usa preservativos, porque le gustaría volverse a ver varias veces más, pero siempre en pequeño, para que nada ni nadie sea más grande que él. Sale del amplio claro del bosque y abre la boca de la mujer con su taladradora. Ella tose por el artilugio que emplea, y que se dibuja claramente en ella. (Recorre toda su buena figura.) A este hombre parece fascinarle poder ser el único en dar a luz la entera longitud de su cosa, así que se transforma de tal modo que entra en pugna con la mujer por su horno permanente. ¡Qué sustancia activa, semidiós, salud, que puede producir su propio engrosamiento sin colgar en la pared como santo y mártir! ¡Qué hombre! ¡Y descender en forma de lluvia sobre los suyos! Bien, en cualquier otra parte se han construido escaleras junto a las casitas, aunque nadie querría vivir voluntariamente en ellas. Sí, los más pobres dan pequeños pasos para llegar finalmente hasta sí mismos.

Gritando, el Señor Director se atornilla en la boca de Gerti. Antes tuvo que salirse de sus casillas, es decir, tuvo que ponerse de manifiesto; sea como sea, ya en su juventud lo ayudaron por todas partes (también en las cuerdas del violín). Sus sonidos están bajo su mando, los sirvientes también. No es difícil, también su hijo toca ya un instrumento, y las laderas se sacuden los árboles ácidos como si fueran las manos. La mujer patea y es pateada, hasta que grita. No, a esta hora no se discute en casa, no se fuman cigarrillos, no se bebe y no se amenaza con furia al personal. Se le vuelve a quitar el camisón, para poder palparla en distintas direcciones. A menudo usamos la cama, donde dormimos la guerra de los sexos. En ella podríamos ascender sin fin, para llegar a simples soldados. Por ningún otro territorio se sube tan rápido, si a una (a una de nosotras, mujeres) su propio rostro le resulta medianamente bueno. La roca no desciende a la pradera, los animales se le acercan corriendo y frotan la cabeza contra ella. Ahora la mujer se debate, como si quisiera hacerse inmortal en medio de sus electrodomésticos. Resuena como el grito que se lanza cuando el rayo no puede dominarse en un día claro y se abate sobre el televisor. Hay que hacer ajustar el aparato, el viático de las noches. El director quiere disparar hoy su escopeta una vez más, para volver a estar seguro de su mujer, cuando esté tumbada sangrando, porque en mala hora se cruzó en su camino. Ella respira hondo y se ahoga en náuseas. El sueño se le espanta de los ojos. Casi vomitaría ante aquello que irrumpe en su casa gimiente e hirviente.

¡Claro, con sus zarpas él puede abrirle el culo con rapidez y comodidad! Es de su propiedad, como Dios de la nuestra. Sus músculos crujen como un zapato viejo, enmenos de cinco minutos su viga giratoria volverá a estar cerrada. El acceso ha de mantenerse siempre libre, porque al fin y al cabo este hombre no soporta la vida en solitario, también otros tienen que soportarlo todos los días. Con su cuerpo la mujer sirve al hombre la mayor parte del tiempo, pero pronto el Sol parece volver a brillar. ¡Esta gente debe desaparecer allá donde el campesino ha dejado abierto el surco! Los he dejado saciados y los vuelvo a encontrar saciados, y ninguna luz les ilustra sobre el porqué. Así, se consumen por sus mujeres y por los consejos de los poderosos, los comités de empresa, que hoy se han vuelto muy abundantes, pero del todo impotentes. A veces, apenas se mira, se ha rematado a un nuevo trabajador especializado, y se le puede poner en salazón en el taller. Su campo es limitado hasta su fin. Pocas mujeres se sientan para el desayuno, que les sirve una camarera, enfrente del hombre, las gafas de sol sobre los ojos dibujados. Han ocupado exactamente un asiento. Por la noche, han sido agitadas como los caballos celestiales en los que los niños aprenden a cabalgar. ¡Y siguen sentadas aún más firmes en la silla! Este hombre se toma casi tantas libertades como nuestro Presidente, y casi tanto pesa sobre nuestros hombros, hombros de caminantes que osamos alzar la mano y sólo llegamos a coger nuestro abrigo del perchero. Él dice que Mozart era un compositor maravilloso. Y a él también le gusta tocar, pero más pequeño, si se le compara con su marco. Aún queda un sitito para los *hobbies*. En los festivales de Salzburgo podrá someterse a una prueba de resistencia. El padre concuerda consigo mismo. Haciendo alegres gestos, taladra de un golpe el esfínter de su mujer, que —al fin y al cabo ya no es libre— reprime el grito que tira de su correa. En fin, la letra con sangre entra.

El director se cuelga de su agua fresca, y después, ¡fuera, de las tinieblas al sol! Es decir, que en todos los aspectos él vive bien consigo mismo. ¡Hazlo callar! Se puede vivir en una casa como la nieve en la pradera, obviamente, pero también se pueden mantener los miembros ocupados en su cadenita, hasta que resuena. Hay muchas mujeres, pero el hombre es único. Pende sobre los cuartos traseros de la mujer y le susurra del erotismo que el burdel podría regalarle, pero él invierte en ELLA. Erotismo... esa palabra se dice así por una Erika, no por una Gerti. Esto da un sentido a esta hora solemne. El hombre tiene que contar con la bestia que hay dentro de sí, y ¿cuál es el resultado? Una conversación con el mundo y sus representantes de maquinaria recién engrasados, en un atrio en el que esperan hasta que las mujeres vienen en su ayuda con sus lóbregos agujeros golpeados por el granizo. La obra de la vida de más de uno será completamente olvidada por la tierra. Pero el hombre encuentra su eyaculación, fiable, debajo de sí, y se revuelca en esa certidumbre: su hijo vivirá después de él, y seguirá fastidiando a otras personas en su ciudad. Cerremos los ojos ante ello. ¿Quién lo asola todo y sin embargo quiere volver a empezar siempre desde cero? Cierto. Él compra al niño ropa nueva, y la madre, limitada como es la Naturaleza, tiene que lavarla. Se lo enseñan en la televisión. Esta madre toca el piano mientras sus pedales la soportan.

El director ya ha jodido bastante en los tubos de su mujer, ahora mira ante sí, se observa y hurga, amable desconocido que se inclina sobre un motor que ya no quiere funcionar, en su animal doméstico. El hogar no está donde antes ha estado ya otro. La mujer es para el hombre una constante invariable (invariablemente a la moda), porque ella tiene los pies en el suelo, mientras él apunta directamente al corazón y escribe como *hobby* programas de ordenador ante los que otros se quedan sencillamente mudos. La luz brilla en el campo, y mañana Gerti seguirá allí, sin duda. Ningún otro hombre debe detenerse a su lado y codiciarla cuando ella se aburre. Ahora el director dispara desde su ángulo muerto. Avanza el trabajo en su sitio, igual que el arroyo corre por el valle. ¡Le gustaría detener este fórmula I, y no obstante moverlo inquieto en la línea de salida! Y alrededor esta misma noche nunca limpia de sí mismos a los miserables, al contrario, hace frío para ellos, y tienen que hacerse calentar por las vulvas de sus mujeres. Mañana no quieren llegar demasiado tarde allá donde no son deseados, pero sí esperados por nuestro bien más preciado, la fábrica. Se les baja de las nubes. Muchos tienen que aserrar las ramas de sus árboles frutales rotas por la helada. El director escupe al oído de su mujer espantosas bolas de mierda. Ella podría ser olvidada, sin más, como una mochila llena de pan rancio, que elija. ¡En cualquier momento! Vivirá, y bien, mientras no haya escasez bajo sus bragas. Mientras esté despejado de nieve y esparcido de sal por lo menos un camino hacia ellas; por el que el hombre pueda volver cuando ya no le guste estar allí. El balón tiene que entrar a meta. ¿Y ella? Él tira de su pelo como si aún tuviera las riendas en la mano. Acabándose, temblando, su rabo arma estrépito en su maleza. En el último momento él se aparta, porque ella se reprime. El hombre le golpea con el puño en la nuca, dirige su voz potente hacia ella. ¿Podría esta mujer pensar en una brisa delicada sobre un miembro más amado? ¿Sería posible? Así, ocurre que el repleto cáliz de su director pasa de largo ante ella y se deposita en el vertedero de su piel, un montoncillo de basura sin recoger. Esta mujer no merece que el hombre se incline sobre ella 45 grados. ¡Apurémonos ahora hasta la mitad, no, hasta tres cuartas partes! Antes, los alegres conquistadores no eran molestados tan a menudo. Hoy soplan vientos más duros.

Pronto los habitantes del país tendrán que despertar, ahuyentados de un sitio a otro, antes de saber siquiera dónde se habían quedado. Pero alto, también tienen una ventaja: la primavera los alcanzará, igual que a nosotros, con un suspiro y mucho aire fresco. Pero entretanto nosotros habremos alcanzado mucho más, porque NOSO-

TROS seguimos adelante, nos arriesgamos: en un teatro, un concierto o una exposición, donde nos reconocemos, sostenidos nada más que por la apariencia que ha caído de SUS pobres ojos. ¡Sí, estamos en la lista! Por favor, baje la vista, ahí está el salvaje cerro de los fieles desempleados, abandonados a la bondad de los bancos. La luz en esos ojos, ah, al final de la autopista, no ha dorado otra cosa que los dividendos de una fábrica. Pero se olvidaron de parpadear, y equivocándose asustados por el brillo del trabajo al fin encontrado, han resbalado hasta el río. Uno no se puede dormir al volante, por la mañana temprano. ¿Y qué ocurre entretanto con los dineros de nuestros impuestos? Son despilfarrados como personas, en forma de un caro coche deportivo en un esbelto y dotado país, allá delante, en el que la industria toma las curvas a toda velocidad. También en otras partes vive gente y es atropellada. Ahora proseguimos nuestro camino inconstante, dejando solamente débiles huellas en el asfalto de las carreteras y a nuestros hijos un televisor en color y un vídeo por cabeza.

11

No se deja de paladear el desayuno. El niño baja corriendo y brinca travieso delante del padre. Semejante rayo de sol recolecta calderilla. El padre quiere que su hijo sea valiente, y nunca titubee. Pero como mucho este niño va a parar, dando un cómodo paseo, ante las tiendas de artículos de broma de la ciudad provinciana. El muchacho compra siempre para él sólo. Apenas advierte a sus compañeros, a lo lejos, que tienen que mirar cómo se le acaba el dinero al hijo del director (como a ellos el tiempo en que aún podrán llamar a las puertas entrabiertas de la economía). El niño se sienta en la escuela con los niños del orfanato, ¡esto es pedagógicamente lógico, pero tenemos guerra en las cabañas! Algunos hijos e hijas apestan a establo, de su larga mañana junto al ganado, que se hunde hasta los tobillos en su estiércol plomizo. Han bajado de casas cerradas, después de haberse levantado a las cinco. Allí los cuerpos se mantienen juntos en total inactividad hasta que la falta de dinero los barre hacia las fábricas. ¿Nunca ha visto usted allí florecer y marchitarse semejantes flores? Este niño camina con descaro por el campo para perturbar el equilibrio entre Naturaleza y Derecho Natural (el niño tiene razón cuando golpea a un topo con un palo, o se desliza con los esquíes por la pendiente. ¡Naturalmente, también usted tiene razón cuando sale a pasear entre nubes de pura lana virgen, por su salud!). A veces, dispara una escopeta en el vientre del bosque. Las letrinas deben proteger a la Naturaleza de los hombres y sus herencias, pero ¿quién protege al hombre de sus acreedores, los empleados de banca, que se levantan temprano sólo para alzar la vista hacia los Alpes? Por la noche, gracias a Dios, ha deshelado un poco, lo que hace que los esquiadores contengan el aliento, pensando en su billete de remonte. El hielo está desparramado al pie de los árboles como los trocitos de corcho en el embalaje de un hermoso aparato, ante el que se nos abren los ojos. Más de uno vería esto de otro modo. La criada llega con el carrito de la compra. El hielo, todavía firme en algunos puntos, cruje bajo las ruedas como si estuviera hueco. Tiene que haber también algo por debajo de nosotros, no sólo por encima. ¿Tiene usted quizá una buena amistad con la que poder ir al cine? ¿No? Entonces espere a que suene el timbre de su casa, quizá la miseria del paro, en este mundo esbelto y bien construido, en el que se le quiere vender un abono. Para que aprenda a entender mejor las necesidades de sus representantes en el mundo del arte, la economía y la política.

Como hombre, el director puede inclinarse hacia su mujer, que está sentada en su sitio de siempre, donde la luz de la ventana no puede caer sobre ella. Aún está oscuro. Gerti lleva unas gafas de sol. El niño viene, feliz por lo que ha visto fuera y en la televisión, entra con estrépito, vocifera codicioso, esta vez seguro que se va a comprar algo determinado con lo que poder escapar de este hermoso mundo: Rápidos aparatos y trajes a juego, para que sus días estén llenos de felicidad. Porque el niño quiere volver a desbordarse con la marea. Su padre pronuncia unas palabras enérgicas, desde la poderosa estrella oscura que es su cabeza. Ha elegido la mañana para volver a hacer una repentina visita a la madre de este niño. Mejorando su rendimiento nocturno, se ha impuesto a ella con presteza. Como se toma asiento en un sillón, sólo un instante, con la fingida objetividad del telediario de la noche, se ha dejado caer pesadamente dentro de la mujer, atracando desde atrás a la bomba de la estación de servicio de su vida, donde va a buscar los consuelos del sagrado sacramento. ¡Debe dejarle llenar el tanque con toda tranquilidad! ¡Super! Ha entrado con palabras en su oído, aún tiene que pasarle otra factura por su comportamiento del día anterior. Él es el supremo revisor de cuentas, que puede transformar las olas en ondas. Ojalá que la auténtica hierba se vea algún día, porque la plantamos erróneamente bajo cementerios de automóviles y áreas de descanso, donde incluso los preservativos se recalientan antes de tirarlos. Sí, allá donde somos tan decentes como para derrocharnos, hundir nuestro sexo y ocultárselo después a nuestra pareja para poder gozarlo en soledad. Los muslos de la mujer sólo deben estar preparados para él, el director, el horrible transeúnte, cocidos en el aceite hirviendo de su codicia, y así también los mantendrá él ocupados para ella, se descargará temblando en su rampa y le dará a cambio un caritativo broche o un brazalete de acero. Enseguida ha pasado, y volvemos a ser libres, en nuestra casa, a la que pertenecemos, pero más ricos que antes, cuando nos reíamos de los vecinos. ¡Está invitada a echar un vistazo! ¡No le ocurrirá nada si este Señor de la secta de los gozadores llama a su puerta con una botella de champán! ¡Al contrario, la mujer debe estar contenta! ¡Sólo faltaría que él mismo se hubiera envuelto para regalo! El azul del cielo se toma en serio el paisaje, el negocio prospera.

Sin duda esta mujer saldrá a la primera ocasión, a que el peluquero la disminuya para ponerla a la altura de Michael. Sí, ella es la responsable de poder presentarse como un bocado apetitoso; entre nosotros: ¡Qué hermoso día! Llenos de amor, los padres discuten con estrépito sobre el hijo, que se agota sobre sus juguetes como el padre en el regazo de la madre, en el que juega solo. Hay que recoger al niño. Antes aquí crecían cañas, ahora cadenas cierran el corazón, nadie puede quedarse tranquilamente en su senda y mirar. Todos tienen que cargar con sus penas o mear un chorro creador, para que se les vea y se les tenga que querer. Por todas partes preguntan al niño por su valor añadido frente a los hijos de los pobres. A la madre, agotada, casi le chorrea la leche de los pechos del miedo de que este niño no parece tener un alma inmortal, porque no hace feliz a su madre. Enseguida quiere marcharse a esquiar, donde los otros son conducidos bien o mal por el telesilla. ¡Si no se sobreestimaran al descender al valle! Ahora la madre besa ansiosa al niño, que se libra de ella. De buen humor, el padre escarba en la moqueta con los pies. ¡Si volviera a estar pronto a solas con su mujer, para poder hacerle señas con su poste (su pollita)! A veces, cuando el niño está distraído, él desliza dos dedos, a los que la piel da alas, en la parte más emocionante de ella, en esa hendidura que tanto le atrae, para cubrir la cual le compra a esta mujer esas prendas caras. Secretamente, se huele la mano, tan triunfadora como él. Tan penetrante como la luz. Entretanto la madre sigue amando al niño, siempre arroyo abajo, este niño, al que es tan adicto, con sus juguetes y cachivaches, como una amante. El padre da un puñetazo sobre la mesa, de buen humor. Él ya ha necesitado hoy a la mujer, ¿por qué no va un niño a necesitar a su madre? ¡Pero sin exagerar! El hijo debe aprender a ser modesto cuando presta a los modestos por necesidad sus hermosos esquíes nuevos, por un precio módico, para llevarse aún más sorpresas a la boca en la pastelería. El hijo, un pequeño y lento tren local, ha puesto ya en pie un ágil comercio con sus objetos, para que la felicidad llegue incluso a los más tontos (que creen que patinar sirve para buscar un hueco en el sistema, ante el que se levantan los Alpes). Pero estos niños sólo entienden que cuesta algo echarse al hombro unos esquíes de competición. Este hombre y esta mujer divina se sienten sencillamente alerta el uno frente al otro. Sus ojos están cosidos con grandes puntadas.

El hijo ha sido alabado por su capacidad mercantil por su propio padre, el violinista. ¡Tomen ejemplo de él, empresarios de esquí del municipio, que todavía se atreven a pedir dinero por el uso de los copos de nieve, esa macilenta blancura deportiva! Todo se queda en los campos locales, donde usted, uno de los innumerables esclavos del deporte, soportaba la vida hace una hora con su anorak de colores, que lleva puesto a todos sitios, desde la pista de descenso hasta la discoteca. Es todo uno, y usted es el primero. Sólo tiene que alzarse previamente hasta las cercanías de Dios, donde los tiempos cotizan más que su tiempo de descenso, cronometrado por su señora esposa, que ha venido a pie. De pronto la vida se le hace más familiar, cuando se detiene ante el abismo de nieve y aprieta contra su cuerpo un instrumento, también lavable. Los pobres no pueden contener sus aguas menores, que se congelan a sus pies, y no les queda más remedio que pisar con cuidado ante la más encumbrada de las montañas, de la que no les vendrá ninguna ayuda, atentamente. Lanzados como dados abigarrados de sus oficinas, elegantemente vestidos, dejan entrar la alegría en sus pequeñas tabernas y resbalan, totalmente inclinados sobre sus trineos como sobre un ser amado, bueno, sencillamente resbalan cuesta abajo. Y allí se contaminan con otros arruinados en tiempos peores, convertidos en un envío, en un paquete de vida, en el que reina el humor, por ejemplo, en el país de los músicos. Los más pobres miran también, pero les suena ajeno. Porque no saben cómo estos astros de la pantalla se elevan hacia el cielo delante de ellos. El temporal resopla en torno a ellos.

La madre se deja atender con café por la criada. Entretanto, hace mucho que ha escondido en el cajón de la ropa una botella sin abrir. Mejor sería que hoy no viniera el grupo de niños a aporrear el timbal. No, viene mañana, para poder probar su canto, sus bocas y su estrépito para la fiesta de los bomberos. En los días festivos, hay cosas hermosas que se unen bien en el tocadiscos a la Pasión según San Mateo y otro canto que pueda afrontar nuestros oídos. Espantada, la mujer mira sus manos, que le son completamente ajenas. El lenguaje se le eriza como el pene de su marido, allá delante, donde tira de su cadena y se va siseando montaña abajo. En su día festivo, le ha sobrevenido una sensación, en medio del blanco resplandor de la Naturaleza... ¿pero era sólo la Naturaleza? Todos queremos embellecernos, para conocer a otra persona y serle visible sin perturbaciones, sólo a él. ¿Seguirá pensando en ella el joven que la ha traspasado en media hora? Ha pisado el montoncillo excretado por ella, porque merece la pena ser algo especial. La mujer irá a supervisar cómo se vive como diosa para otro. Quizá también nosotras vayamos a la peluquería, y miremos después a los pobres inválidos laborales, en los navideños pesebres laborales.

Al pasar, el director mete profundamente la mano en el escote de la mujer, en el que aparece lo más importante que se necesita para su figura. Ésta es una buena imagen. Esta mujer no se sale de sus raíles, debe contemplar su cola, chuparla y dejarse guiar. No debe dejarse seducir por el primero que pasa. El paisaje tiene un brillo turbio, pero los que podrían verlo no ven nada, porque sus pobres sombras topan con las de los alegres deportistas, que se pegan a sus cuerpos para ser más aerodinámicas. Me temo que otro sitio, donde no se viva y se ría con el paso incesante del turismo, no será tan hospitalario. En sucias cocinas, un fuego frío crepita en los ojos de los hombres, que tienen que irse a trabajar a las cinco de la mañana. Su estómago ya no les admite la repugnante salchicha a la montañesa. Sus mujeres irrumpen ruidosamente en la realidad, y exigen ser adoptadas por el trabajo (otras van a visitar la Ciudad de los Niños de Viena-Hadersdorf, donde las casitas son muy pequeñas, para jugar. Así, el niño aprende a agachar la cabeza como un sometido). Todas quieren ganarse algo, para poder también deslizarse como furias hacia las vacaciones en sus trineos. Después vuelve a acabarse la frescura que han conseguido con tanto esfuerzo. Pero no hay nada que sacar en las cámaras de plomo de esta fábrica de papel, más bien el papel ha de ser todavía rotulado con cifras. El director ha acordado en la Asociación de los Poderosos despedir primero a las mujeres, para que los hombres se sientan libres por lo menos en el trabajo. Y para que los hombres tengan algo con lo que poder desfogarse cuando el capataz aparece de repente, una espléndida imagen.

Sin que nadie los moleste, los trabajadores se miran unos a otros en la cantina. Delante de la luz, cantan como pájaros, para dar plenitud a su vida y gusto al director. ¿Dónde se oculta el sentido de esto? ¿En sus sensuales mujeres, en las que la vida se ha expresado con plenitud?

El director necesita a su propia mujer, porque a cada uno la suya, ¿ano? La luz del día ya se ha mostrado, y las tiendas abren, mientras otras personas se hacen impenetrables. El hombre contempla de reojo a su mujer, que libra muy nerviosamente una guerra por conseguir hora en la peluquería; ha notado que sus pechos ya están algo calmados. En su memoria, viven como si él los hubiera creado y dado forma, como a su hijo. En cualquier caso, cielos, dónde ha ido a parar mi aguijón, se podrá volver a amasar la mujer. Y ella le pertenece, le pertenece, tantos frutos nos regala siempre la tierra. Después del colegio, el niño se deslizará por una montaña celestial, más rápido de lo que usted es capaz de tomar aliento, así que hoy será usted arrollado por este niño que ha recibido su herencia del padre, por lo menos lo adelantará en todo momento. Así se malcría a esta criatura, que vive junto a su madre y cree que siempre seguirá siendo así. Pero esta mujer desea adquirir juventud en una nueva tienda, de ahí también el peinado nuevo. Para ser vista y poder pasar de largo. Ante la casa de este hombre, que ayer alimentó su lado salvaje, dónde si no se va a alimentar la caza de cara al invierno. ¿No ha visto ya otros jóvenes, de pie en los locales? Se queden o se vayan, son tan hermosos antes de marchitarse. También quehacer con ellos mismos, porque tienen que despachar muchas cosas antes de marcharse un fin de semana a esquiar y vociferar con sus amigas, ante las que uno se queda con las manos vacías y se asombra de cómo ha surgido este polícromo huecograbado en las caras más planas de la vida, y cómo puede hacer tan profunda impresión. Las postales tratan mejor al paisaje que el tiempo a la mujer, creo yo. El paisaje calla amansado en su día de reposo en las fotitos que usted compra en el estanco y garabatea hasta los bordes, ¡pero el tiempo va sencillamente demasiado lejos! Excava como una tempestad en los rasgos largamente desgastados de la mujer. Oh, no, ella alza la mano, asustada, ante su brillante imagen en el espejo: Habría que trabajar en un círculo amplio, no sólo en su peinado, que es distinto en distintas épocas. Fabricar trabajosamente una pequeña transformación para nada más que una pequeña música nocturna. Su figura desborda el marco del espejo, se hace tan amplia como sus pensamientos. Conoce su casa, en ella espera a un esquiador distinguido con premios. Todos esperamos que un día haya más en el saco, en el sobre del salario de los sentidos, donde susurran las nubes. Sí, la mayoría de las veces el tiempo es nuboso sobre ellos. Pensemos cómo hacernos hermosas, para convertirnos en más y llegar por lo menos hasta la raya de nuestro pelo.

La mujer espera que el hombre salga con todo orden para su oficina. El hombre espera poder echar mano a su mujer una vez más antes de ser puesto un rato a la intemperie del día. Los pobres trabajadores han salido hace mucho junto a los aludes, con el paquete al hombro. ¡Ahora descansa un poquito! El autobús ha partido. El niño ha sido transportado; excelso, se distinguirá de sus compañeros. Las líneas de su vida han sido seleccionadas con habilidad (por el destino probablemente, en compañía del cual el niño desciende por la ladera y ha visto ya algunas ciudades extranjeras). Le va bien desde que ha puesto su cuna donde hay un protector en casa. Sus compañeros se permiten un helado, y se detienen infinitamente en él. La luz brilla sobre esta gran casa como si hubiera nacido en ella, sobre un suelo de parquet encerado. Hoy tenemos sol, decido yo ahora. En cuanto pueda, la mujer quiere ir a una *boutique* a la ciudad, para tener un aspecto agradable. ¡Por qué no le basta al joven para todo el día, por qué tiene que ir a deslizarse por los raíles de la montaña donde más vírgenes están, ese especialista de la nieve alta! ¡Estar donde nadie estuvo antes que él! Excepto el año pasado, cuando otro joven armó allí un escándalo con sus amigos y amigas. La mujer no piensa en nada más que en qué va a ponerse para ir más rápido, más alto, más lejos. ¡Basta, cómo vuelan sus sentimientos, volvamos a sujetarlos! Su marido no puede calmar su paz, ahora se va a la fábrica. En un 80 por 100, para ser justos (y ser contados entre los propietarios), él es responsable de su felicidad. La empapa en ella. Échenos un vistazo cuando usted, pensativa y muy viajada, desee sembrar la tempestad en los ojos de otra persona. ¡Sí, venga y pida que se disfrute de usted!

Para tener una cómoda vista del tiempo que pasa, desde un porche (sólo en los sitios más pobres no hay una acolchada alfombra bajo los pies), la mujer sale de la casa, y se ha embadurnado de colorines, ella y las uñas de sus dedos. Qué magnífica grandeza tiene la Naturaleza, en la que los pobres sólo ven las señales de límite de velocidad y no las respetan, antes de ser mezclados con nuestra comida, ellos y sus torpes coches. La vagina de esta mujer está empapada del producto hirviente de su marido. A sus muslos se pega, bajo los panties, barro de las costumbres cotidianas del director. Él gusta de dejar una marca que pueda reproducir, aunque la tinta escasee. Podría tener bajo su encendedor, tranquilamente y con gusto, el bollito de una mujer mucho más joven, para consumirlo. En las montañas refresca rápido. Puede usted llamarlo tranquilamente circunstancias, cuando el bosque se refleja en el estanque y la hierba crece ante la ventana, suavizando los recuerdos de los conflictos domésticos. Qué furiosos se llegan a poner los pobres cuando se les hace objeto de una astucia o se les aplica como nos enseñan las leyes fiscales. El director de la fábrica de papel sigue asombrándose de que las hordas humanas que tiene empleadas compren todas lo mismo en el mismo supermercado, aunque tienen y levantan distintos pesos y medidas. Hace mucho que los pequeños negocios locales fueron liquidados, para que los habitantes no se volvieran demasiado díscolos a base de salchichas y cerveza. Mediante el canto fabril (¡el buen eco de nuestra industria en el extranjero!) y el griterío coral, este hombre desea sacudirnos para que le lleguemos al fondo del pecho, ese cañón que truena contra nosotros. De una patada se puede impedir fácilmente que el placer, el mensajero blanco del ser humano, desee emitir a toda costa su voz chillona. Entonces esta mujer calla. Desde las habitaciones en las que sólo es perseguida por su sexo, esa exquisitez única, clama al cielo; hasta la verja del jardín se oye el bramido en memoria de la matanza. Hace mucho que el hombre y la mujer actúan el uno sobre la otra, pronto tendrán que levantarse e ir a lavarse de ellos mismos.

Algunos tampoco han venido esta vez a la iglesia, donde las estatuas gotean, otros en cambio ni siquiera han sido elegidos. El ebanista, con su parte meteorológico y su impermeable, se despliega en una breve vida dentro de la mujer que trabaja en el supermercado. Su devenir le llevó del colegio al heno, y ya eran tres, y eran felices en la cocina, su taller vital, donde pueden ser pulidos y sin pulir, porque no tienen otra habitación. Tienen que permanecer juntos. Golpe a golpe, la Naturaleza reduce al hombre a su tamaño natural y le conduce a la taberna para que pueda volver a desbordarse. En casa se queda impasible ante los productos de sus sentidos, los niños, y medita en cómo podrá cogerlos al vuelo y tirarlos contra las paredes. A veces aquí los niños llegan a su fin en menos tiempo del que, para configurarlos, se ha hurgado en las mucosas. Se ha de garantizar la perduración y la continuidad mientras los señores del país les envenenan los árboles debajo del trasero y el papel que cosechan los trabajadores se esfumará en cincuenta años como una señal trazada en el cielo. Tan en vano como su ira. Tan inútil como la elección entre si las mujeres deben llevar pantalones o faldas, el único sitio donde no pueden llevar los pantalones es en casa. Como las heridas que les infiere el trabajo, hasta que ya no sirven para el uso, así su gozo se evapora demasiado rápido. En las fuentes, sumergen una mano en el chorro de agua. Y el pecho sintiente de las mujeres se transforma en amorfos abdómenes donde crecen cosas que el médico ataca con furia. No se ingresa en el hospital para nada. Hasta que los iracundos tienen hambre y se disparan en los sesos con las escopetas de caza que brotan como hongos en secretos rincones de sus casas. Por lo menos han encontrado en usted un honrado maestro que enseñe al niño mecánica del automóvil hasta que él mismo pueda alzar la mano sobre sí.

La señora directora se pone guapa, ese anuncio esta escrito en su rostro. Se arregla. Y la Naturaleza ofrece cobertura para ello. La mujer atraviesa, bajo el maquillaje en el que es persona, espacios mayores de los que podrán ser abarcados nunca por la cordillera. De ahí que en lo que concierne a su rostro no se abandone sólo a la Naturaleza; ese gran poder se le hace demasiado pequeño para respirar, y tiene que subir a su coche. Ya ve a su nuevo escudero en la patria de su cabeza, donde también se contempla a sí misma con otros ojos. ¡Sus presentimientos pueden dar en el clavo! Alrededor, es contemplada por las cabezas de pájaro de los perdidos, empaladas en los postes de su cerca. Esas mujeres del pueblo, que miran como si nunca hubieran visto otras tierras que sus pequeños reinos, donde sus Señores les insuflan aliento por la noche. De sus madres ya han aprendido a mirar siempre al dinero, y a asombrarse ante el rostro que se ve en él. ¡Qué diferencia entre uno de cien y uno de mil! Hay todo un mundo en medio, un abismo que cubrir. La mujer recorre con su vehículo las serpentinas de la carretera nacional. Quiere que el joven de cuya conferencia ha disfrutado el día anterior vuelva lo antes posible a dejar oír una palabra enérgica dentro de ella. Ella aparecerá entre nosotros, a los pies de las escalinatas inaccesibles. Hay túneles que atraviesan las montañas, pero nos quedamos abajo, somos demasiado torpes para lo que de salvaje hay en nosotros. El joven abrirá mucho los ojos cuando vea el nuevo peinado. Algo parecido les ocurre a las personas que mantienen una postura intermedia entre los animales que cuidan —cientos de truchas muertas en el río, porque han abierto con demasiada brusquedad los muros de contención de la presa— y el trabajo que se han conseguido, fugaz regalo del dueño de una fábrica. Así describimos cómo son.

Se apresuran en las laderas. Los telesillas arrastran su carga impermeable, de la que pende la invitación de la Naturaleza, fundida en un envoltorio de plástico, hacia arriba sobre el paisaje fuertemente surcado por esquíes. Sí, bajo los esquíes el país parece enormemente desarrollado, donde originariamente era variado o simplemente accidentado. Los cañones de nieve escupen delante de los frenéticos turistas venidos de Viena a pasar el día. Cada uno de ellos se tiene por un cañón con los esquíes. Aquí quizá nos quedemos más, eones llevamos ya en el mundo para cambiarlo, y ahora se acaba debajo de nosotros. Los esquiadores tan sólo juguetean con el paisaje, nada que temer, no son demasiado apocados. Vagan sobre la Tierra con sus fuertes poderes y apagan cualquier fuego bajo sus pies. El gusto por la velocidad hace subir a los urbanistas, y la velocidad misma los vuelve a bajar. ¡Oh, si pudieran desfogarse de veras un día! Volarían bajo el Sol, honrados maestros que enseñan lo que han hecho de sí y de otros. Se han mezclado con otros y engendrado nuevos deportistas. Su hijos harán un curso de esquí, mientras el rostro de sus padres todavía refleja la gordura de un cerdo. El deporte, esa dolorosa nadería, ¿por qué iba a renunciar precisamente usted a él, si tampoco tiene mucho que perder? Muebles no hay por aquí, pero a la carrera por el valor de los chubasqueros, mercancías y aparato, junto con absurdos e inútiles gorros, no se le ha puesto límites, ¡y si los hay, simplemente se saltan, como una colina! Seguro que detrás vendrá otro que tenga que abarcar lo que entra dentro de nosotros. Hace mucho que el diente de las modas, los crímenes y las costumbres ha hecho mella en los Alpes, y por la noche todos nos revolcamos de risa delante de una marioneta con un acordeón que corretea delante de nosotros. Alrededor, los habitantes del pueblo duermen. Ante ellos no se separan las montañas cuando van al trabajo por las mañanas; sobre sus bicicletas, o sujetos a sus utilitarios, tienen que andar saltando sobre cada bache hasta que por fin pueden abrir la puerta de la reserva de los empleados. Sí, algunos consiguen subir, si tienen buen acero en los pies y en los sentimientos. Rogamos silencio. Al fin y al cabo, aquí también trabaja gente frente a sus animales, cada uno en su jaula.

Y nadie extiende la mano y coge a una de estas criaturas esquiadoras, que perforan cráteres en el suelo, y se lo impide. Nadie está libre de las leyes de la Tierra, que dicen que lo pesado siempre tiene que bajar, o habrá que vivirlo en propia carne. Algunos se ponen gafas de sol, mirándose unos a otros y pensando en la comida. Por la noche planean acostarse juntos según las reglas de la nueva cocina, poco, pero bueno. La tormenta exhala vapores rojos en sus fuentes, nuestros tenedores tintinean, se inclinan las cabezas doradas, pero las montañas guardan silencio. Millares de indecentes se lanzan pendiente abajo. Y unos centenares de sobrantes producen papel, una mercancía que pierde su valor todavía más rápido de lo que el hombre es desgastado por el deporte. ¿Sigue teniendo ganas de leer y de vivir? ¿No? Ah, bueno.

La mujer osa ir a la ciudad, donde su marido ha aparcado antes su coche e inspira vapores de agua caliente en la sauna. No importa. Depende de sus testículos y su arrecife, apoyado al sesgo en la escalera de sus genitales, la mujer propia, junto a la que el sueño lo encuentra cuando viene a buscarlo. Esta mujer se ha convertido en su desagüe, se derrama en ella hasta que se desborda. El hombre está ahí para hacer que se produzca una minucia en su abdomen, y para renovarlo, ¡para eso las mujeres se visten con ropa provocativa! El establecimiento tiene lamparillas rojas en las ventanas, pero ya no está tan frecuentado como antes. Para tomar aliento, los maridos cada vez cogen con más frecuencia y habilidad los higos de sus mujeres en el puño y los exprimen. Antes atan los pies a sus mascotas, para volverlas a encontrar donde las dejaron con un nuevo vestido. Ahora tienen que tratar de tú a tú a sus mujeres, sin considerarlas sus iguales. El sol brilla en el camino. Los árboles están ahí. Ahora, también ellos están acabados.

La enfermedad les allana el camino hacia el sexo familiar, señores, del que antes no querían sino escapar. Ahora es cuestión de vida o muerte poder confiar en su pareja, de lo contrario no queda más camino que el que conduce al especialista; antaño parecían abiertos todos los caminos, por los que usted, amado viajero, se aden-

traba, tocando con su armónica, en la alegría de su inmortalidad, todas las piezas que sabía. ¡Qué malhumor
le producían a menudo los sordos instrumentos de ellas!
Ahora todos giramos en un torbellino, mirándonos los
unos a los otros, y nos servimos en nuestra propia salsa,
hirviendo de codicia. Ahora el horrible cliente del sexo
come en casa, donde mejor sabe la comida. Por fin el
hombre concuerda con su cosa, que cuelga de él y se en-
cabrita. Antes podaba a su mujer a cada momento como
si fuera un seto, ahora él mismo crece salvaje ante ella.
¡Minucias! Cada cual tiene que aprender algún día el ma-
nejo para poder penetrar el culo a su pareja femenina en
eterna calma y en eterna paz, ¡porque ya no hay más parejas, esta mujer es más que suficiente! Ahora los hombres son más corpulentos, y animan los sentidos que ya
no tienen que ir a buscar lejos. Antes, al hombre se le pre-
paraban mujeres a voluntad. Ahora se vacía en la propia,
ella volverá a lavar sus cubiertos. Este espantoso cliente
se regala con sus glúteos calientes de cama. Está enteramente concentrado en mantener la erección en la tupida
pradera de su pelvis, donde se oye susurrar y burbujear.
Siempre está temiendo perder su forma y ser sustituido
por un extraño más amable. ¡Ah, el placer, se querría poder construir de verdad con él! Pero, si yo fuera usted, no
construiría sobre él.

Como animales de rapiña se deslizan por sus calles
florecientes, nómadas, arrojando las piedras pendiente
abajo. Con sus poderosos paquetes sexuales, andan buscando un regazo cariñoso en el que poder instalarse de
forma duradera, estos hombres. En medio del rebaño todavía son mansos, sus paquetes de carne todavía están
cubiertos del sudor de las láminas de plástico, claramente visible, pero pronto, cuando el Sol les alcance, se hin-
charán, la savia brotará de la diminuta grieta, que rápi-

damente se hará grande. Y entonces el Sol cae con un bramido, revienta el húmedo depósito; penetrante, el olor de este sexo se extiende por los aparcamientos, y penetrantes los ojos se atraíllan dos a dos, hasta que la carreta aterriza en el foso y los deseos vagan desenfrenados, en busca de un nuevo animal que pueda tirar de ellos. Los hombres no han vivido en vano. Se les ha meado en el rostro a voluntad, y yacen tranquilos bajo el arbolito del sexo, cuya plantación han controlado en persona. Ahora son rociados por él, el arbolito. Por un broche nuevo, es lo que la fría Gerti hace también en casa, cuando se golpea con el puño cerrado en su abonado parterre, hasta que su tierra se abre, se deshiela y el esfínter se afloja como es debido. Cualquiera de nosotros puede permitirse tales placeres, sin que tengamos que refugiarnos en nuestras penas, en nuestros cuartitos, rodeados nada más que de muebles. Como personas que constantemente miran más allá de sí mismas, para no tener que abatir los estandartes de su vida.

El tiempo devora el placer con el que nos penetramos y lanzamos gritos penetrantes, ya que una mañana tenemos que depositar un cuerpo aún más amplio junto a nuestro montón de desperdicios. Pero los agotados se consumen hasta la raíz. Para ellos es mejor, no tienen que estar delgados o que su cabello pierda su brillo, ellos mismos están pálidos ante la máquina a la que vuelven y cuyo entorno tienen que circundar una y otra vez. Y cuando miran a su lado, las aguas residuales de las obras de conducción ensucian el arroyo. Y toda su obra, toda la obra que han levantado, se seca y se detiene en su pecho. Y el director de esta instalación acolchada por el Estado y explotada por el extranjero, que no quiere más que vaciarse ante la plaga de su mujer. De la noche a la mañana, se ha vuelto peligrosa para él. ¿Cómo puede ir a sus posaderas, allá donde el carpintero ha perdido sus derechos? ¿Cuándo podrá Hubertus, su montero mayor, dormir directamente en la madriguera de acre olor donde ha sido sorprendido? ¿Quién, sino él, se arrodillaría ante su esposa, lanzaría estocadas a sus sentidos y levantaría sus pliegues uno tras otro? Ella le presta su rostro desde lo alto, mientras él, desde abajo, desde su cámara de comercio, hace promesas con la lengua doble de su sexo. El campo está circundado de aire, y las mujeres están presentes en todas partes en torno a nosotros. Comemos de ellas y con ellas. Y el tráfico no molesta al propietario colindante, él se dirige allá donde puede regular su propio tráfico.

El director se agarra a su coche y orina. Los nobles faros iluminan su silueta. Puede bombear su extracto de carne dentro de la mujer cuantas veces ella se incline sobre él desde su aguzada montaña. Esta pareja puede aparcar en cualquier lugar de su enorme casa para tomar medidas legales uno dentro de otro. La mujer se va a la peluquería. Detrás de las montañas se alza la luz, las praderas se ven abrazadas por el día, que ayuda a que todo salga bien. Sólo esta mujer se engaña en las resquebrajaduras en el muro que el tiempo le ha hecho. Todos somos vanidosos, señoras. ¡Saque al aire los dientes en la boca y el vestido al viento y láncese sobre su pareja, como si llevara horas sin hacerle daño! ¡Refrene su lenguaje!

El sueño no debe terminar para las parejas. Van a trabajar y levantan los rostros del camino que conocen para ver a otras personas que también conocen. Y ahí están, el uno junto al otro, uno tiene que comprarse estos trajes de *jogging* rebajados para quitarles del todo su valor. El camino se marchita bajo sus pies. Sus mujeres se desgarran allá donde han sido tocadas, pero hoy en día nadie pide la baja sin pensárselo antes. De lo contrario, la empresa en la que hemos encontrado un sitio para vivir y una pareja para amar fruncíria el ceño. ¿Cómo se forma la imagen cuando hemos apretado el botón? Ni idea, pero en caso de tormenta debe usted desconectar y sacar su propio retrato de la temible ranura, en la que nadie echaría ni un chelín para contemplarse. Y sin embargo, usted vive y habita más de lo que merecería del cariño de una mujer, que tiene que quedarse con usted y restaurarlo. Sólo porque espera ver un poco de amor a la vuelta de la esquina.

Reunidos bajo las nubes, entran por la gran puerta y desaparecen. Apenas son suficientes, y en la fábrica son ajusticiados. Ahora váyase a casa con su mujer y descanse, mientras en los cementerios de automóviles humea la goma y las instalaciones de soplete autógeno segregan su propio sudor. La chapa bosteza, y las aceradas vísceras se salen por las heridas de los coches, que un día fueron más amados que las mujeres, que los pagaron trabajando el doble. Una cosa más: No se deje guiar por su gusto, porque antes de que pueda darse cuenta habrá un nuevo modelo en el mercado, ¡que le está esperando sólo a usted, a usted y a nadie más! entonces ya tendría uno, que antaño, hace mucho tiempo, le engatusó con palabras y cuentas de ahorro. ¡Y ahora basta, a casa!

12

La mujer asciende, con una imagen totalmente nueva para su pretendiente bajo su peinado, hasta el borde de la ciudad. Sólo lleva consigo su bolso de mano. Ha dejado en el colegio al hijo de su destino. Falta poco para que unos policías, que se ruborizan instantáneamente al verla, la ayuden a cruzar la calle. Ella vacila. Pero no se hunde, ligera nadadora bajo la que susurra la fuente de todo mal. Con sus garras, las del abrigo de nutria, la mujer rema en torno al trabajo de los otros tigres de papel, sobre los que se yerguen amenazantes cumbres de dos mil metros. Son personas las que han arrebatado la celulosa y el papel a este paisaje duro y desdentado. La vestimenta de esta mujer: En una versión más sencilla, la modista debería poderla copiar en todo momento. ¡Oh sí, lo tiene todo! cortada en trozos pequeños, la madera se apila en torno a las fábricas y las serrerías. ¿Por qué la señora directora se ha puesto zapatos de tacón cuando el agua helada por todas partes nos frena trabajosamente a nosotros y al suelo? No nos atrevemos a cruzar si el semáforo no quiere. ¡La mujer se ha puesto el absurdo por vestimenta! Se pone al volante y bebe un trago. Se rocía los dientes con un remedio contra sí misma. Su amante prestado no caerá en la nieve, es una obra de arte. La juventud es suficiente recompensa, aunque uno se rompa una pierna. Se ríe de sus propias fuerzas, en las que se envuelve con frescura, abrigo de moda que los años aún no han podido dejar atrasado. Concedamos a los pobres y a los ricos pasar un día alegre en las olas del deporte, a menudo ambos han tenido que viajar muy lejos para ver nieve virgen y vivir un poco de excitación. En todo caso, los ricos quieren acercarse más al origen de los elementos (donde tocan el elemento puro con sus posaderas). El polvo cae deslumbrante sobre sus cabezas, son como parte de la tierra misma. Los otros, sin embargo, dependen de sus cadenas en la fábrica y de sus seres queridos en casa, y también les da su alegría la nieve.

La señora directora se sienta al volante, tras haberse superado valientemente a sí misma. Las bocas de la ciudad se comprimen ante ella en una sonrisa en los escaparates de las pastelerías. ¡Está borracha de sí misma, ha sacado una botella de su piel! Su boca sonríe en medio del frío. Los importantes y los don nadie se inclinan tras las ventanas, como si quisieran precipitarse directamente sobre su corazón. Mujeres jóvenes, de las que cuelgan como extraños sus hijos y sus ropas, tienen que salir a comprar precisamente ahora. Quieren ver algo. ¡Quieren ser algo, como esta mujer, qué no harían en su lugar! Vivir a la luz del día una debacle en la peluquería, como nuestros esquiadores en los Juegos Olímpicos, arrancarse ellas mismas del pelo los aparatos con que han de envolvernos a las mujeres. ¡Nunca se atrevieron! A mirar sin miedo a la propia imagen, porque por lo menos el peinado se cambia de verdad fácilmente cuando ya no nos gustamos, señoras.

Y somos una persona nueva, amansada y conmovida por nuestra belleza. ¡Entonces nos presentamos con otro empaque! Toda mujer madura paga su precio por lavar cortar y peinar y apurar la vida. Para que nuestro cabello aparente más de lo que nos queda en la cuenta. Todos los hechos, todas las tartas en las que nos hemos tomado tanto esfuerzo, oh sí, después del trabajo íbamos hacia la noche con nuestros inútiles tenedores, comíamos, fregábamos y nos hundíamos en un pecho cariñoso, que nos empujaba sobre cuatro ruedecillas a la sala de reparaciones, a frotar las sartenes con los restos de la vida. Y si esto aún no ha pasado, pronto nos decepcionarán, una vez que alguien mueva la cabeza en gesto de lamento y la ira se extienda sobre el rostro de los que disputan. Entonces tendremos que estar tranquilas, en las habitaciones recogidas, como si nosotras mismas ya estuviéramos vacías. Nunca perdonamos, pero no nos perdonamos tampoco a nosotras. Cuando con violencia queremos lanzarnos a los sentidos resonantes de otra persona, sencillamente no tiene sentido. Alguien más joven nos sustituirá pronto íntegramente, ¡al fin y al cabo, ha sido alimentado con la nueva dieta integral! ¿Y por qué yo? ¿Por qué yo con más de cuarenta tengo que tenerlo más difícil y ser más difícil de acunar que un niño, en las cadenas de los brazos de la báscula, que se apartan de mí? Cuando intentaba transformarme para cualquier alegría inesperada y me había comprado un vestido nuevo.

La señora directora da una patada a su coche y sale penosamente a recoger a Michael, al que entretanto se oye en la pista. Riendo y gritando como un policía, adelanta a sus amigos, se sacude en broma encima de ellos. Su memoria contiene, incluso de noche, todos los lugares a los que va. A eso y no a otra cosa se hace referencia cuando uno pretende encontrarse con personas de la misma longitud de onda, a las que el espantoso peluquero de moda ha dado un buen golpe. Pero atención: No por eso hay que perderse la próxima moda, que primero nos hará menear dudosos la cabeza y después, dándonos poco a poco la vuelta como a un guante, nos acompañará un buen trecho. ¡Levante la vista a mi cabeza y no tema pagar el precio! No cuesta nada. Sí, vamos dentro de una bolsita impresa por una marca deportiva, en la que hay bocadillos, sueltos, como nosotros. No nos sirve de nada. No tenemos que tener cuidado con el camino, el camino debe tener cuidado con nosotros, antes de que arruinemos su vegetación para los próximos quinientos años. Si este Michael se cae, no henderá el suelo como nosotros, más torpes. ¡No somos flores, pero queremos atravesar con la cabeza el muro de la Naturaleza! ¡Michael sin embargo sólo quiere abrirse paso por entre sus adeptos! Les cuenta todo el tiempo, entre risas, su aventura con esta mujer, a la que ayer arrastró hasta su orilla y volvió a echar al agua. Sobre muchos otros hombres descansa la carga del fracaso, para que la tengamos caliente. Sólo tenemos que prenderla, y en el amor una boca se encuentra con un aliento en el que algo está recién cogido. La mujer ya no tiene una hermosa y clara conciencia. Se tira de los pelos y destruye el trabajo de personas bajo cuya caliente cofia ha temblado. Quizá ahora haya niños esperando delante de su casa, que forman parte de un grupo de caricias rítmicas y han sido forzados con mano dura por sus allegados a estar allí. Da igual. No es más que un *hobby*. Estos hijos e hijas de aquellos que gimen bajo la pobreza. Que tienen que escupirse en las manos sólo para ser atrapados por el destino del despido. La mujer ya se ha olvidado de sí misma y de ellos. Conduce hasta donde termina la pista, después de que se ha ejercido el derecho de los más rápidos. Donde, atrapados y pacientes, los turistas se sueltan el cinturón o, unidos en un yugo de pacientes animales, vuelven a poner en el telesilla sus pesadas posaderas, marcadas por la vida y por sus equivocaciones nunca reparadas.

Adelante, siempre adelante, no queremos mirar hacia atrás, porque detrás no tenemos ojos. La mujer se asienta en el suelo, sobre sus nobles y altos tacones. Asombrados, los turistas invernales oscilan como botes ante este paisaje de cartel en el que todo concuerda, pero uno no puede unirse a su jovialidad. La corriente humana se precipita pendiente abajo de forma ininterrumpida. ¡Tanto más degustables y digeribles queremos ser! Estos turistas. Bajo los techos de Eternit, en el cenit de su vestuario, marchando en verano de la montaña a la playa y, apenas llegados a la arena, vuelta al invierno y a querer estar en lo más alto, donde esperan encontrar su dulce partícula. ¡Lo importante es participar! Y derramarse, más alto, más visible, más agradable, en el caldero del valle. Pero delante de sus superiores preferirían ser invisibles, cuando el jefe se inflama y truena delante de ellos como un hornillo de gas propano. ¡Precioso ese chubasquero celeste, con la capucha forrada de piel y un jersey rojo como un tirón de orejas asomando por él! Podemos intentar olvidar que nada cuadra en nosotros; no cuadran nuestras partes superiores con las inferiores, nuestras cabezas con nuestros pies, como si cada uno perteneciéramos a distintas personas (así estamos construidas las mujeres de edad madura. De algún modo perdemos la forma por el camino, ¡ya no estamos para enamorar a nadie!), que a su vez tienen sus horribles diferencias, como sólo el martirizado estrato bajo sabe. Todos llevamos nuestra cruz, pero con nuestras mejores galas. ¡Un espectáculo único!

Están reunidos en grupos, hablan, fuman y beben hasta hartarse, estos siervos del deporte. Porque tienen poco que contarse, mientras echan el ancla, sonrientes, en la estación del valle. La mayor parte de lo que experimentan es: ¡Comer para vivir! Hablan de ello. Con las chispas de sus encendedores, se iluminan a sí mismos y al país con más luz que aquellos que tienen que cultivarlo. ¡Oh, el turismo nos da más! Ahora reúnen sus cosas y sus prendas, mientras las ramas se inclinan pesadamente bajo la nieve y una luz osada, apenas sentida sobre la vestimenta de nylon, se abre paso por entre la hermosa nevada que yace sobre lo que antaño fue pradera y embebió agua. Ahora el agua ya no puede llegar al suelo, lo hemos aplanado y barnizado con nuestras pistas. Cada uno de ellos sospecha de sí mismo que es el mejor en la pista, así que su estancia aquí ha tenido un buen fin. En invierno, cuando el paisaje debería dormir, es cuando se le despierta de verdad. Los rostros hacen ruido. En segundos, la gente recorre extensiones hechas a su medida, se extiende por pequeñas áreas en las que no siente un techo sobre sí y un suelo bajo los pies. Niños inocentes caen. ¡No nos dejemos meter en nuestra cajetilla original y abrir innecesariamente las piernas, entretanto hemos aprendido un impecable salto en paralelo! Podríamos superar a campeones del mundo, y eso también vale para nuestros vehículos en su clase, donde nuestra capacidad compite con nuestra estatura. Vaya día. Los jóvenes se descubren la cabeza. La nieve cae sobre ellos, pero no tienen nada que temer, no se les quedará pegada. La federación austriaca no tiembla ante nuestros espíritus, agarra fuerte nuestros miembros heridos en su orgullo y nos arrastra de cabeza hacia abajo. Pone aún más vendas en nuestros muslos, ¡y el año que viene volveremos y llegaremos más lejos! ¡Ojalá que no nos espanten como a insectos, por falta de nieve!

Como arena en el reloj del mundo, nos deslizamos hacia el valle. Nuestros bordes, que a menudo han intentado limarnos, cortan agudamente la ventisca, la nieve, donde se reúnen los signos: todos contra todos, sobre esta blanca vestimenta ceremonial sobre la que nos esparcimos como basura. La mayor parte del terreno pertenece a los Bosques Federales Austriacos, el resto, un néctar de miles y miles de hectáreas, a la nobleza y otros terratenientes, que, como propietarios de serrerías, mantienen un contrato permanente, firmado con sangre, con la fábrica de papel. ¡Sillones, en los que lo dicho adquiere su sentido! Maravilloso. Todos queremos el cambio, sólo trae cosas buenas, y sobre todo la moda de esquí cambia cada año para mejor. Apresurada, la tierra recibe a las y los deportistas, ningún padre los toma en sus brazos cuando están cansados, pero ahora está aquí esta señora directora de la fábrica de papel: ¡Acérquese más, si puede moverse lo bastante rápido sobre sus soportes, de su boca no tardará en salir un poco de luz!

Michael ríe, y el Sol se aferra a él. El paisaje ha cambiado tanto en las últimas décadas que sólo puede acoger a aquellos que le resultan digeribles. Los campesinos ya no lo son, y se quedan sentados en su casa ante el aparato de televisión. Durante mucho tiempo, fueron inamistosos salvadores del país, y dieron respuestas descaradas a las cooperativas agrarias; ahora eso ha pasado, ah, el cambio, ésa es nuestra ropa nueva, que conmueve hasta hacer perder el sentido a vecinos y bares nocturnos. En nuestra abigarrada vestimenta, nos hemos vuelto apetitosos, cuando estemos tumbados en los bosques, con los miembros rotos, sobre los esquíes que en su origen pertenecieron a los roedores silvestres y ahora representan al mundo con un dolor que roe. Pero ahora ¡queremos ser salvajes! Gritar para que se nos oiga de lejos y con miedo: Aludes en los que conservarnos si queremos ser díscolos un día. ¡Salir de nosotros y sentarnos en el regazo de los riscos! Y la montaña arroja piedras sobre la gente incauta. De ella se alimenta el país ahora, y se alegra de ello, y también los locales son esforzadamente frecuentados, con el gusto que nos caracteriza.

La mujer cree —y en eso yerra, como nosotros erramos por nuestros bosques secos— que el día anterior lanzó sobre este joven una red terriblemente ardiente. Ella inclinó sobre él su formidable imagen, y ahora él la lleva en una esquinita del pecho (una pinza bien pequeña) y la mira constantemente. No se debe poder sustraer a ella por más tiempo. A ella no le basta con recordarle en silencio, el ansia retumba sordamente sin cesar en ella. Y la pendiente devuelve de inmediato el eco al cantor, porque no lo puede utilizar. Tiene su propio hilo musical, porque por todas partes la gente grita como si la estuvieran despellejando, como si cortaran directamente la tempestad con sus estrechos y agudos flancos. Abandonando la soledad de la noche, en la que no todos los gatos son pardos, la mujer quiere resplandecer ante la mirada de Michael. Presentándose aquí en su figura auténtica y originaria, a una sólo un valor extremo la retiene en las riendas que le pusieron los esquíes y las miradas despreciativas de los esquiadores. Los tacones de sus nada prácticos zapatos clavan a la mujer en la nieve de la recta final. ¿Es que no se da cuenta de cómo, alzada por los sentimientos, está casi ya trepando cuesta arriba? ¿Hasta dónde y adónde la conducirá su destino, quiero decir mi destreza, sobre estas inapropiadas muletas? Ya está empapada, los tacones presentan huecos que será difícil volver a cerrar. Nosotras las mujeres tenemos que sembrar con mano dura en la pradera, en el parquet de los locales en los que tenemos que demostrar nuestra valía, entre buitres y conductores suicidas que no valoran en absoluto la dirección en que va nuestro gusto. ¡Pero también en el deporte queremos cosechar algo más que risas! En cada lugar tenemos que empezar por demostrar que somos válidas (¡picar el billete, vale, muy bien!), en cada ocasión tenemos que ir vestidas adecuadamente, para que se nos pueda echar con un portazo. La creatividad se agota pronto, y sabemos lo que tenemos que saber, es decir: Si nos adaptamos al surco del campo al que hemos sido echadas.

Ninguna mano saca a esta mujer, borracha y ebria de sí misma con sus nuevos rizos, del foso de nieve que ella misma ha cavado. ¡Estimada señora, estarnos de luto por nuestros amigos que ya han tenido que irse a casa! Pero nosotros seguimos aquí, los abonos con los que esperamos ascender a la montaña cuelgan de nuestro cálido pecho. No queremos ofenderla, pero ha puesto usted su segura cabaña en el lugar más inseguro, es como si no tuviera ningún hogar. El sol engaña a estos jóvenes, porque se pondrá demasiado pronto. Pero incluso en la oscuridad formarán parejas inmediatamente. Nuestro derecho es poder ascender a las montañas. Ninguna ley excepto la de la gravedad rige el modo en que nos comportaremos allí. Nos separamos con asombro, pero a veces en la dirección equivocada, hacia la que no se debe escupir o mear, de lo contrario uno se recibe a sí mismo.

Y los otros, ¡saque usted del cajón a sus queridos empleados! En la ladera se alza el siervo, esa criatura de la obediencia, un ser sin sentido, pero aun así dotado de voto propio, que cree poder ignorar sonriendo a esta mujer. Con tan sólo su voz de juventud, que golpea sus defensas, puede burlarse de ella en todo momento. En la oficina, los jóvenes tienen que andar con cuidado consigo mismo y con su jefe, pero aquí se zambullen en la Naturaleza con huesos y afanes, como si fueran lo bastante magnánimos como para regalarse. ¡Hacerse inmortal mediante medallas de oro! ¡Y el que en el *slalom* caiga entre los palos, como en la vida en medio de las tormentosas ocasiones perdidas, podrá ver que nadie guarda luto por él!

Bajo el hielo del arroyo hay bancos enteros de truchas, en invierno son difíciles de ver. Los amigos de Michael se sientan juntos, se dan la bienvenida y miran por debajo de sus gafas de sol. Levantando una cortina de nieve, Michael se lanza por la recta final. Todo irá bien, porque han venido chicas muy guapas a alojarse y repetir. Nos miran sin interés, porque no prosperamos como las nieves inaccesibles de allá arriba, en la ladera. Aún están demasiado cerca del lugar del que han venido. A todos nos gustan las cosas nuevas, pero sólo ellas tienen buen aspecto. Son como son. Arrebatadas a las praderas en las que pacemos nosotras, vacas gordas que nos avergonzamos de nuestros propios muslos. A nosotras se nos ha perdido nuestro comienzo, yace misteriosamente oculto, envuelto en su brillo, más allá de nuestro recuerdo, y no se repite. Estamos estancados, no sólo en la posición social.

Pero preferimos recrearnos en abrir en canal y vaciar. (en hacer excepciones) a las personas: La mujer se lanza hacia el estudiante desde su entorno socialcristiano. En este momento, a él le cuelgan de las muñecas los bastones de esquí, como restos de placenta. Lo que por la noche fue recompensado con una abundante eyaculación, cree ahora poder salir a la luz del día como la gente. ¡No estamos acostumbrados a que el aire silbe de este modo en torno a nosotros, vivimos en un piso de dos habitaciones y media! ¡Por estos difíciles senderos no llegaremos jamás hasta las cumbres de donde bajan los ríos y el esquí es de verdad de primera! Usted y yo volveremos a encontrarnos en los merenderos, donde aparte de nosotros esperan innumerables gentes. Ningún hogar en el que se haga de noche. Tiempos en los que hay que evitar a muchos, pero hay que buscar a unos pocos, para, como una tormenta, poder desplomarnos pesadamente como adversarios sobre los hombros del otro.

Envuelta en su manto de nutria y alcohol, la mujer del director se arroja pesadamente al pecho de su actual Señor. Con él quiere abandonar el mundo, escupir los huesos y poner su propia guarnición al plato. Quiere empezar de nuevo, acariciada por la brisa de Michael. Pero tenemos que aceptar las cosas como son: La mujer no ha nacido para Michael, al contrario, ¡lo que molesta es el tiempo ya transcurrido desde que nació! Especialmente aquí, a plena luz, donde los dientes de los deportistas castañetean con el frío. Pero la luz del amor —desde el principio va con nosotros, pero hasta nuestros mecheros brillan más— ha caído sobre ella, la ha tirado al suelo como a una bolsa de basura reventada al caer. Y los nativos ríen. A lo lejos truenan los vicios, ¿los oye usted? ¡Apártese un poco de ellos!

Estas gentes apenas necesitan las leyes, porque sus sentimientos les ponen a raya. La mujer no mejora con el uso continuado, pero si es ella la que quiere apropiarse de un joven que vive en su localidad: ¡Eso sí que no! Los hábiles hijos del destino extienden las manos y se mantienen totalmente a cubierto. La mujer enrojece violentamente, su rostro resplandece, y no existe. No aparece en el radar de este joven. A sus ojos no es bella. Como el día, la juventud crece en sí misma, copula y cae, colgando de sus esquíes, en la insatisfacción y el cerco del pueblo. Da igual lo que venga, todo lo actual le gusta. Se exporta. A ella le pertenece todo, y a nosotros ni siquiera el sitio que ocupamos en las tabernas, y el camarero, que se niega a atendernos, nos ignora. Gerti se aferra a Michael, pero resbala sobre su asediada vestimenta de plástico. Bien guiado por la gente de su edad, ha sido apartado un trecho de la mujer. Es frívolo, se encuentra a gusto allí. La gente como él es entregada como regalo, como acompañamiento de los folletos de la oficina de turismo. Allá donde se instale en los locales, sobre su cabeza respiran calladamente ventiladores y aparatos de aire acondicionado. Pero nosotros, personajes, nos movemos tan pesadamente, colgamos como plomo de nuestros catéteres, por los que escurre nuestra pobre y cálida orina. Las carreteras ya son hostiles. Nosotros, montañeros, embotellados y hechos a la botella, somos las provisiones de la Naturaleza, en la que pastamos jamón y queso. Sí, la Naturaleza, un día se llevará la alegría de envenenarnos. Si no, hay que morir por sus rudas carreteras y sus productos fríos.

Michael ya se ha alejado un buen trecho. La luz ilumina también a los muertos, pero especialmente se detiene en él. Nuestros divinos campeones olímpicos ya han traído a casa dos medallas que cuelgan de sus cuellos, mientras nosotros contemplamos el reverso: los placeres de la fama, que en la pantalla se tienden hacia nosotros, sin alcanzarnos jamás. Siendo tan superficial como es, intocado, inmaculado, Michael lo celebra sinceramente con nuestros muchachos y muchachas. La mujer se tambalea en la nieve profunda, junto a las barreras, y se sienta. La firme soga a la que se pegan las balas de paja sirve para mantener separados, a la mujer y a todos los demás que no quieren salir de sus cuchitriles, del pueblo deportivo, que vive sobre los esquíes que son su féretro (y jalea en la plaza de los héroes a los campeones: ¡Karli Schranz, Karli Schranz, nuestro de verdad!). El cuerpo de la mujer se tiende en una arquitectura de la nostalgia, para reducir el tramo entre ella y la juventud perdida. ¡Quizá podamos por lo menos ir a patinar con nuestros amigos! Pero no, el grupo de Michael ya está completo. No se pierden de vista, y a veces también gustan de quedarse en casa, para vivir en los periódicos del ramo y festejar las fotos. Estos jóvenes, con los que la mujer dormiría con gusto: en vez de correr, esperan ser elevados pronto al piso de los jefes. Hoy, en las profundidades del bosque, los cazadores corren y pasean felices en cuerpo y alma.

La mujer se levanta, titubea y se vuelve a sentar, es sencillamente intratable. Esta mujer ha llevado consigo su propia taberna en una botellita. Bebe. Michael la llama riendo, y otro pequeño semidiós estira su brazo desde su propio cáliz (una lata de cerveza), que a menudo ha afeado a sus enemigos con su sola presencia, y se la tiende riendo a Gerti para sacarla de la nieve profunda. Tira de sus mangas. Pronto le resulta demasiado lento. Sencillamente, la saca de un golpe de las profundidades a la superficie, donde él mismo no querría estar y donde se puede dejar confiado a los niños, para que vuelvan una hora después quemados por el sol. Bajo las nubes, los animales enmudecen, eso no presagia nada bueno. Para matarlos tienen siempre que trasladarlos, para que la sangre pueda salpicar. Casi sin pensar, la mujer se queda mirando fijamente la luz, con su cabeza recién dorada. Entonces vuelve a caer, y es arrastrada. Los primeros en acudir meten mano debajo de su abrigo. Algún niño que otro se agarra el sexo y tironea hasta sacarle algo, satisfecho. La mujer extiende sobre la nieve su cabello recién moldeado. El abrigo de nutria se agita sin cesar sobre Gerti. Ante las sencillas casas de la región caen niños con pesados cubos. Las han construido allí cerca, junto al agua, la razón fue húmeda y barata. (¡Parecida a nuestros sueños con el otro sexo!). Todos los días cargan con el peso de la cruz de la montaña en las mochilas, para que Dios sepa para qué ha cargado con todo eso sobre sus espaldas.

Un poco alejados de la mujer y su grupo van dando traspiés los principiantes; uno se pregunta por qué no se van a pique en silencio, como los barcos, ¡pero no, gritan! ¿Y por qué? Porque claman por el transporte, que se habían imaginado distinto. ¡Quién se habrá creído usted que es, y por qué los transportes públicos le resultan demasiado miserables! ¡Se desplazan hacia la incertidumbre, y encima tienen que llevar sus piolets, sus grampas y sus termos! Pero parecen preferirlo a cualquier cosa en el mundo, cuya malicia les rodea normalmente. Sonriendo, se invitan los unos a los otros, el aliento les llega para eso. Estos jóvenes usurpan el mundo y consumen sus productos, en los que viven y por los que a su vez son consumidos. En primer lugar los pulmones. En torno a ellos viven activamente, aprenden y reposan. Sin que nunca los haya cubierto la sombra del dolor, neófitos, pueden dormir, y cuando despiertan bajan la vista hacia ellos mismos: ¡Hay ahí una, dos partes que se entienden! ¡Albricias! No tienen que buscar largo tiempo una buena pareja y un buen partido, más bien los buscan a ellos por los altavoces de los aeropuertos y en los anuncios de televisión. Estos alegradores de la vida. Tomemos cualquier cosa digna de verse y reconoceremos que merece más la pena ver a esta gente. Son como el veneno que duerme en la amapola, es decir, donde de verdad florecen es un milímetro fuera de la Ley. Uno de ellos siempre está esperando sonriente, y se va de repente cuando pasamos junto a él y en torno a él, siempre suena en algún sitio la puerta de un coche, siempre se pasa por gasolineras donde se entiende el lenguaje de su poesía. Su vida está hinchada por la espera entre dos vuelos de línea ¡poder salir alguna vez de verdad de uno mismo, como desearíamos! Qué idea, pero tienen razón. La juventud. ¡Está tan concentrada en sí misma! Por desgracia yo ya no pertenezco a ella. Y una cosa más: Hagan lo que hagan sonríen, incluso en las sombras del bosque donde hacen lo que hacen. Vacíos como una canción, descansan en el aire, sin que los frene siquiera el ramaje. De este modo pueden caer directamente al suelo e iluminar el triste lugar donde otros de crecimiento más trabajoso han abierto con dinamita una carretera forestal sólo para poder pasear y hacer un poquito de ejercicio. Ríen, a menudo eso les parece lo mejor, sin preocupaciones dirigen hacia sí los sonidos de *su walkman*, y se vuelven del todo volubles, porque no pueden escapar a la música que se desliza dentro de ellos. ¡Por mí, si les place! Y esta mujer tiene que depender precisamente de un hijo de puta como Michael, que hace mucho que se ha perdido a sí mismo de vista, aunque naturalmente no haya perdido de vista sus objetivos. Nunca, quizá por pereza, ha caído en sus brazos una mujer que le gustara, no, él desea una casita más humana, quizá un ático en el que poderse instalar por fin por encima del suelo, para calmar sus ansias de muebles de raza y mujeres con clase. Naturalmente aquí, entre las raíces de los abetos, se forma un mediano remolino, una tarde (un *soufflé*) junto a este pequeño arroyo, donde trabajadores, empleados y participantes en excursiones de empresa pueden recomponerse por entero en la nieve, después de que se les ha perseguido y, en caso necesario, se les han metido agujas por los fémures. ¿Por qué si no iban a afirmar luego que se sienten como nuevos después de un día de deporte y varios días de duro trabajo?

Sí, todos damos grandes pasos hacia adelante o arrancamos si nos dejan. Pero que esta mujer haya puesto sus ojos precisamente en Michael, bajo el que cree que florecerá, y con el que querría salir por lo menos unas cuantas veces... Pero con el que también gustaría de quedarse en casa. Su marido se entrega por completo a su negocio. Este hombre podría echarse al coleto a Michael, sus amigos y la mitad del producto interior bruto de la zona junto con el asado que se está comiendo este mediodía, si no tuviera ya el coleto lleno. Las ansias de los esquiadores pronto serán también calmadas, paciencia, ya entrarán a la taberna.

En un racimo vocinglero, «yuju», los jóvenes deportistas se arrojan sobre la embriagada Gerti. Entretanto, han dado también fuertes tragos de su propio tanque. La montaña los protege y oculta del punto de vista de sus conciudadanos. Además está este gigantesco abeto. No se les ha ahorrado nada. En prueba de ello, muestran su solitario espárrago, que han sacado de entre las prendas de esquí, no está mal si se compara con los pálidos instintos de los demás hombres, que se ponen juntos en cuclillas, cagan y no hacen ningún bien a la Tierra. Ríen a pleno pulmón. Maniobran con sus bastones de esquí. Son tan numerosos, un factótum del sector de artículos deportivos (un factor económico), viven al máximo: quieren entretenerse, mientras se consumen y el tiempo pasa. Mientras vuelan hacia la meta desde la estación alpina. Se cargan con sus pesos unos a otros, sus rostros se miran, tienen un gran rabo por el cual respiran. ¡Si todos nos mantuviéramos unidos como ellos, los camareros de los locales y los porteros de las discotecas jamás podrían separarnos! Saben en qué montón tienen que ocultar la felicidad, a cubierto de nuestro acceso. Hasta aquí nos ha llevado nuestra riqueza. Hasta aquí aparecemos en la Naturaleza, que nos viene de fuera. Pero nosotros, desorientados, somos clasificados por nuestras galas y tenemos que quedarnos al margen. Y el suelo roe nuestros pies de vampiro condenado a seguir caminando siempre.

13

Ellos, también las chicas, encarnan la vida apresurada, no en vano son amigos, que se calumniarán los unos a los otros cuando, tras licenciarse, salten a los cargos como competidores. Mientras, alrededor, la vida miserable, los niños desnutridos con los dientes echados a perder, columnas vertebrales y animales vertebrados educados para morir, hacen señas a estos esquiadores y sólo pueden soñar con el oro olímpico. ¡Austria, factor exportador, deberías exportarte a ti misma, como un todo, en el deporte! Leemos en la prensa popular cuándo nosotros, pobre gente, tenemos también derecho a existir. ¡No se lamente, atrévase por fin a algo! Este pueblo no se extiende más allá de su pradera sólo para que usted se añada al montón.

Michael es el que ríe más fuerte, es también el que apunta más alto. Quizá se proponga hacerse una segunda vez con esta mujer, que está en la pendiente de sus días, quizá no. Chillando de curiosidad como un niño, saca su colgante rabo. ¿Han salido así las cosas? Las muchachas, que tan superficiales parecen en las revistas, a las que se convierte en fotografías, forman con su frente un paraguas ante la pareja que desde la nieve mira al cielo. Ríen y beben y se vuelven indescifrables. En la nieve, caídas, hay dos «litronas» y una botella de coñac. Da igual lo que hagan, se quedarán colgados en la montaña y juntos hasta que los alcance el alud. Sus esperanzas no se van a esfumar. Sus sexos aún no hierven, se pueden tomar del tiempo. Es igual. Gerti y Michael resbalan entre el griterío de sus voces interiores, hasta el maderaje del abeto. Allí se está mis tranquilo. Crean una isla en la arboleda, aquí la tenemos. Michael muestra lo poco erecto que aún está su miembro, y la vagina de Gerti está en extremo marcada bajo la seda, como si esperase subir por algún sitio a ese bote lleno de agujeros. Demonios, allá arriba en la pendiente la gente alborota como si se hubiera convertido en un único y altísimo grito. Aquí no podemos oír nada de la tonta charla del clítoris, que Gerti tan a gusto se dejaría frotar. ¡Qué jauría, probablemente la Madre Naturaleza acaba de quitarles sus pieles de plástico a las salchichitas! El órgano de validez general es mostrado a Gerti, se le arrancan las manos del rostro y el sexo. Ambos llenos a reventar de un canto iracundo, según veo. Los muchachos le sujetan las animadas manos por encima de la cabeza. En esta posición, nadie podría hacer señas a su familia desde la pantalla del televisor. La mujer se tiende hacia Michael. Su rostro se crispa lentamente, como se comunica a los circunstantes, pero habla de amor. De ciertas canciones, ésta es la mejor que tenemos para festejarnos y encarecernos. El vestido de seda le es alzado hasta el talle, y se le bajan las braguitas, de las que estaba tan satisfecha. Y ahora hacemos cosquillas a la oscuridad hasta que se derrumba sobre nosotros con estrépito. Para eso se nos ha traído a casa a los amigos, para que seamos los primeros en abrir los labios de la mujer, y hurgar en las profundidades hasta que el montoncillo de hormigas se anime. Cuando el vino alienta, bullen las letrinas de estación de la noche, en las que todo el mundo puede meterse, hacer sus aguas menores sólo porque vuelve a estar repleto. Así que ahora estas polainas, estos felpudos para nuestras cuatro patas, son abiertos brutalmente hasta que Gerti rompe a aullar. Se le concede volver a plegarla como a un prospecto, con la misma desatención, pero un dedo queremos meter, y oler también, antes de que el vagabundo se vaya del todo por el desagüe. No sabíamos lo lejos que llegaban las sombras en este ser vivo, y además por este tubo que aún estaba por descubrir, aquí, tras la puertecilla de la vergüenza, de cuyo pelo se tira, se estira y se tironea. La música pop colma los deseos de los oyentes, las piernas de Gerti son abiertas todo lo que es posible, y se le pone el *walkman* al oído. Así tiene que yacer, y se le tironea el coño sin consideración; es jugoso, y el marido de Gerti suele entrar y salir de él a paso rápido. Viene de lejos, lo oímos claramente. Es increíble que con esos dilatables labios se pueda hacer de todo para deformarlos de ese modo, como si ése fuera su destino. Se les puede, por ejemplo, retorcer como a una bolsa puntiaguda, y desde el altiplano la montaña se arquea fuera del vestido de Gerti. Duele, ¿es que nadie piensa en eso? Y ahora unas risas, unos pellizcos y unos golpecitos, así está bien. Estos niños se irán por el mundo, felices, y contarán sus hazañas. Ya no es posible establecer si se puede adornar un peinado de forma duradera. Gerti se ha hundido tras estas montañas, escarnecida como todo su sexo, que enchufa la corriente de los electrodomésticos, pero no puede administrar su propio cuerpo. Se hunde en la humillación como la hierba bajo la guadaña. Esta carne se divide como en un juego, se calma y cosecha aún más durante el sueño: esto concierne sobre todo a las jóvenes; al reír, sus propios dientes les desgarran el rostro. Aún no hay que aderezarles expresamente el pelo, pueden ser disfrutadas (aun estando crudas). Aman a alguien, quien sea. Igual que el águila empolla sus crías, allá arriba, casi en medio de la nada, pero ha tenido que arrastrar los huevos hasta allí. Y el viejo odia a los niños, y un pantalón se baja un poco más.

Bueno, no vayamos a ir tan lejos como para sacar con violencia lo nuestro de Gerti, nosotros que también somos esclavos. De todas formas, el viento y esta banda de amor han hecho de ella un envoltorio hinchado por encima de toda medida. Se trastabillea sin medida y sin objeto, no hay mucho que ver. No sé, pero tiene que ser ahora que Michael se muestre: su madre, y sobre todo su padre, no han escatimado en lo que concierne a su miembro. Con él camina, pero no se levanta como es debido, su sexo recién exprimido en el que flotan los cubitos de hielo. Lo agita delante de la mujer. ¿Es que ha visto usted un fantasma? Entonces, ¿por qué no se aparta y me deja ver en el vídeo a estos hombres que ahuecan coléricos sus sexos? Usted está en el banquillo, allí nadie ve sus glúteos como taburetes y sus cansados pezones de perra mientras sopla el rescoldo cuidadosamente. Avergüéncese y rocíese de cremas para borrar la diferencia entre usted y la clase de gente bondadosa (calidad A). ¡Exponga su desgracia al Señor, en el piso de arriba, pero no despierte a los muertos! Aparte de un chorrito suelto, nada sale del aguijón de Michael, los hombres han sido atraídos por él a través del campo. La montaña cuelga sobre el lago, las manos son las únicas en remar. Estas muchachas están quietas y miran, la voz deja de manar de su hendidura, echan mano a sus rizos, a su astuto sexo, que sabe atraer por sí mismo, están dispuestas a enredar a cualquiera que llegue, que han aprendido a distinguir por su peinado, su ropa y su chasis.

Con su pequeñísima pieza, Michael hace publicidad del estrepitoso comercio especializado. En la televisión, los sentidos arden en montoncitos. Están pensados como alimento para nuestra juventud, que se queda en la nieve, en el agua, sin tener que salir apenas más que para respirar. Sí, este joven es ya un pipiolo muy logrado. Pobre Gerti. Tan furiosamente examinada en la escuela de la vida. Mudos, se miran el uno al otro y piensan en el otro como comida. Las montañas están silenciosas, ¿por qué separarlas con el coche? Para ser feliz se necesita poco, jugar un rato —como nuestros poetas— junto a la orilla y comprar en las redes doradas del comercio deportivo, ¿a usted no le basta?

Y estas muchachas —permítame unas palabras más— acaban de encontrarse a sí mismas; apretados boscajes de vello púbico crecen, rododendro, en sus suaves laderas, sopla una brisa suave desde ellas, que viven cómodamente en sí mismas y miran los escaparates de los grandes almacenes. ¡Ahora se inclinan sobre la mujer, también ellas están ya borrachas! De repente se irán. ¿Adónde han sido enviadas, y qué clase de conversaciones tienen con sus pequeños y divinos diarios? ¿Dónde vamos a quedar nosotros, quizá en los caracolillos de su regazo? Así nos ven las montañas, en las que los árboles se ensortijan. Hoy, esa gente aún irá a una fiesta de cumpleaños, y verá allí a los otros pequeños invitados fijos. Como niños se cuelgan, en alas del viento que sopla en sus permanentes, de los cinturones de nuestras miradas envidiosas, señoras mías, que ya van teniendo poco que ofrecer y se dejan conmover por los seriales de la televisión. No podemos contener las aguas dentro de nosotros cuando hierven y quieren salir disparadas de nuestra casita. Seamos sinceros, no les concedemos sus rostros múltiples, mientras la edad nos hace parecidos a nosotros mismos, que hemos pasado ya por todo. ¡Ahora, descanse usted también en mitad de su orilla, que se ha vuelto estrecha!

¡A cada uno lo suyo, mis pequeños! Pero esto aún no son los límites de nuestra empresa, sólo recomendaciones a las que nuestro precio debe hacer el favor de atenerse.

Michael ha sacado su rabo a la luz del día, como muestra de que no puede contenerse. Pero antes tendrá que recargarse. Se sienta riendo en el pecho de la mujer y le sujeta los brazos sobre la cabeza. Deja colgar su fideo en su boca, para que ella haga un servicio con ese alimento. Gerti se percata de todo, y en sus bragas a medio bajar ocurre algo. Un siseante chorro corre por debajo de ella, ha vuelto a beber demasiado. Riendo, las muchachas le quitan las bragas mojadas que le habían bajado. Ahora los pies de Gerti están libres. Todos beben un poco de la petaca, pero el rabo de Michael sigue siendo una auténtica piltrafa, hay que reconocerlo. Mojan la cabeza de Gerti, esa casita construida torcida en la finca de sus sentimientos, en un agua ya no tan limpia. En su querido coño y su querido ano se juguetea y se hurga, ¡oh, si por lo menos el sueño la alcanzara pronto! ¿Dónde vamos a parar? Como las de una rana, las piernas de la mujer se abren y se cierran a izquierda y derecha. Patalea demasiado. Pero no se le hace verdadero daño, ¿para qué si no se hubiera fundado esta sociedad sin responsabilidad en ningún sitio y por nada? Michael hurga un poco con una ramita en su colina un poco fría, los chiquillos juegan eternamente para calmarse. Alto, una cosa más, le vacía los restos de la botella en la conchita y le da incluso un pescozón, no demasiado fuerte. Ay, que nos quemamos.

Ahora, nieva tan fuerte como esperábamos del invierno. Ya ha sido echada a un lado la última botella. Nadie quiere en serio tomar un trago de Gerti, aunque ella se entregaría hasta que el verdor de la primavera volvie-

184

ra a mostrarse. Su vulva no hace más que abrirse —ya conocemos este folleto— y volverse a cerrar. Los lóbulos chasquean en las expertas manos. Todo esto tampoco es tan importante. Allá arriba, de donde hemos arrastrado a Gerti, los esquiadores siguen chillando en sus pequeños lagos de cerveza y de té con ron. Están radiantes, y braman. El suelo del bosque ya está también borracho con la carga de su diversión. La falda es para Gerti como un saco, arrollado encima de la cabeza, en el que debe esperar a calentarse en medio de las marcas de las prendas. Las ligas no tienen efectos secundarios nocivos si el hombre quiere bambolear bravío su sexo. Michael menea ante su rostro la situación de su órgano. Ella no lo ve; bajo la falda, mueve torpemente la cabeza en una y otra dirección, pensando en el inalcanzable néctar de los dioses de Michael, que ha demostrado su eficacia en su forma eterna, en su formato único. Su rostro, que los árboles miran silenciosos, vuelve a ser sacado a la luz, se le abre la boca con violencia. Le dan unos azotes en las mejillas, para que los dientes sostengan con esfuerzo el rostro en la forma actual. ¡Eso deberíais hacer, chiquillos y muchachas, manteneros unidos, pero lo hacéis dentro de vuestras diminutas camisetas! Con vuestras hábiles manos y vuestros gorros de moda. Hagamos como si viéramos, mirándonos los unos a los otros, una película impactante (una película pertinente). Ahora, a Gerti le abren también la parte de arriba del vestido, y muestran sus dos pechos, que hacen saltar de la seda. ¡Ahora tenemos una buena imagen, bravo! La naturaleza ha hecho salir con un chasquido a esos dos cuerpecillos carnosos, mal dosificados, de sus almacenes de provisiones. ¡Se oyen risas, mis queridas austriacas y austriacos, y después de ver la televisión volveréis a mezclaros! A menudo, detrás de unos pasos ligeros hay un destino mejor, sólo que: ¿Dónde he pegado ahora el papel pintado? ¡Ahí cuelga, de mí!

Así se encola uno a sí mismo. Gerti tiene que abrir la boca y aspirar esa aparición. Por lo demás, está bien ir en trineo, pero nunca, por favor, de verdad nunca entre los esquiadores: no pueden soportar ser insultados y molestados, ellos, los últimos erguidos de este mundo, por alguien que va en cuclillas sobre una única tabla perdida. Sus patines de clase media están, muy suyos, en los aparcamientos, y se abren para sus propietarios, a los que el fuego les ha cogido un poco tarde, y se han puesto un tanto morenos. Precisamente aquí puede encontrarlos, ¡mire el mapa adjunto! Usted sólo tiene que creer en algo apropiado y romperle los dientes a alguien por ello. Y dentro de Gerti sigue chisporroteando un hermoso fuego, representado por la figura de un metro de embutido en su boca. ¡Bueno, señores y héroes míos, déjenme echar un vistazo a la pantalla, cada uno de ustedes tiene un miembro emocionante!

No, por el momento no hay repuestos. La tormenta que parte de nuestro dios, el sexo, nos hará correr a todos hacia nuestra perdición por el camino más corto. ¡Pero dejemos al hombre los sentidos, para que pueda meditar en calma sobre sí mismo! Nosotras, las mujeres, simplemente tenemos que arreglarnos mejor y escuchar después el silencio, que retumba a lo lejos, de sus inanimados aparatos, señores, aparatos que aún tiemblan bajo la suave tensión del certificado de garantía esperando que su plazo no expire. ¡En nosotras los hombres sólo piensan en último lugar! Como un extraño penetró Michael, y como un extraño vuelve a salir. Despreciativo, escurre un poco su medio tieso en el rostro de Gerti, que no ha logrado ponerse a salvo a tiempo. Las amigas y amigos, con las frentes hirviendo de risas y de vida, se retiran también a regiones más cálidas, y tiran un poco más de sus fuerzas antes de convertirse en fuerza de trabajo de alto nivel. No hay nada que hacer. ¡Por eso, ve del bar a la vida y no te preocupes! El ábrete Sésamo de Gerti vuelve a la lámpara. Michael, que ni siquiera ha podido entrar en calor para la obertura, ríe de todo corazón. Ahora, como una resfrescante corriente, todos van a apostar a bajar de los Alpes. Así provocan la guerra en este aire claro, sólo para, hijos del valle, poder fustigar una vez más en torno con sus colas. Se alinean impacientes entre aquellos que pronto expirarán en silencio. ¡Den un paso adelante, los que nacieron pobres no les guardan rencor! ¡Conocen bien a los mensajeros por sus padres! Para que no haya malentendidos: Delante de la estación del telesilla, donde el suelo está cubierto de vasitos de plástico. Estos estúpidos que han ido a tierra extraña y se encuentran allí son echados ahora a empujones a un lado, tienen que volver hacia sí mismos. Tener paciencia con los hermosos casetes de larga duración que han coleccionado a lo largo de toda una vida. ¡Sus señores cantan ahora en el coro, y mucho más fuerte! Aparte de esto, la juventud va por libre, y ni siquiera mal.

Comprendo, y usted se siente muy caliente.

No son hijos de la tristeza. Ayudan a la mujer a ponerse de pie, le sacuden el polvo, la nieve cruje riendo debajo de ella. Gracias a estos hijos, no ha tenido que sufrir demasiado. Alguien le aprieta en la mano las bragas mojadas, una postal para que tenga un recuerdo. Incluso le abrochan el abrigo. El ciclo de sus productos corporales empieza a volver a engrasar su cabello como es debido. Ya ha firmado el cheque, habrá que arreglarse los vestidos nuevos en la *boutique*. Ha querido revestir de nuevo su cuerpo, y sin embargo cada día siente más los pesados sacos que tiene que cargar su piel. No era eso lo que pensaban los chicos y chicas, esos huevos de oro en los nidos de las escuelas de formación general. ¡También a nosotros pueden arrancarnos en cualquier momento de nuestro débil tronco! Entonces, caeríamos como hojarasca en los hermosos jardines de los propietarios, atacados por el mildiú, y la señora directora podría contar y contar, sin reunir un montón decente que poder quemar. Sólo los niños, guiados por el divino, cantan a coro cuando entran a esta casa, y sus padres se mueren de risa sobre una magnífica alfombra. Después no lo oiremos. Ahora, cuando es demasiado tarde, Michael está dispuesto a hablar. Echa mano, con estrépito, a su abrigo y a su vestido, tironea y retuerce riendo sus pezones. La otra mano, la desliza entre las nalgas. Después, le mete una lengua sabia en la boca. El mismo ha retirado voluntariamente el rabo, para reelaborarlo. Siempre está contento cuando puede echarle mano. ¡El tipo siempre está desparramándose! No ha pasado nada más que el tiempo. Las puertas de los coches suenan al cerrarse, y ellos hablan de amigos y alegrías por las que han pagado, en los que se ha confiado como en los aparatos de gimnasia, a los que se posee o que uno mismo tiene que concebir. ¡Pero en vano! Los divinos nunca serán iguales a los hombres, sólo ellos pueden alegrarse de volver a sí mismos. Con desvalimiento, a la gente le baja lo que ha bebido, y le sube también. ¡Si reposara en ellos! Vomitan sobre la nieve, apoyados en sus coches. Las mujeres arman ruido, los niños se lamentan. Bien, el coche se va, pero el contenido de estas personas se queda aquí, y duerme en la Naturaleza, donde ocurre lo verdadero y las mercancías se ven estafadas por sus propias etiquetas. Todos gritan furiosos por durar siempre y poder tener siempre en los brazos a alguien atractivo. Pero los Señores sólo dan de comer una vez al mes, y después nosotros nos derrochamos demasiado, el tiempo lo demostrará.

Gerti es colocada en su coche. ¡Silencio! Se me ayuda a decir: Ha estado en manos y lenguas de la violencia. Casi ha salido corriendo, cambiando furiosa las marchas del tacataca con el que va por la vida. Los cinturones de seguridad son lo que menos sirve para sujetarla, otros encadenados se lo han dicho. Como el artista va hacia el arte, así vienen los niños del pueblo a recibir sus plagas rítmicas de esta mujer. El niño se inclina sobre el violín, el hombre sobre el niño, para castigarlo. El coro de la fábrica canta los domingos para expresar su personalidad. Cantan demasiados, pero lo hacen como una unidad. Este coro existe para que sus miembros tiren como un solo hombre de sus cuerdas vocales, mientras la fábrica escucha en lo alto. De vez en cuando tiene sed, y acoge el rebaño de modo que los postes eléctricos, en el país profundo, oyen el susurro de las pobres gentes que forman la fila. Como niños. Muchos han venido, pero pocos serán los elegidos para cantar un solo. El director tiene el *hobby* de su trabajo, por eso se encuentra a gusto. Los jóvenes se lanzan a sus vehículos, ahora hay que ir a la residencia de vacaciones, donde podrán meter más en sí mismos y de sí mismos. Todas las habitaciones están reservadas. Una encantadora carretera, que corre por mitad de la llanura, para que todo el mundo tenga su descanso menos los propietarios colindantes, a los que les sangran los oídos de tanto ruido, hasta que ellos mismos pueden irse de vacaciones.

La mujer se lanza a toda velocidad por la carretera. Su razón rabia en su cabeza, y choca contra las paredes del cráneo en que está contenida, es decir, con sus límites. Es perseguida por los esquiadores, que por su parte, en su coche-nido de pájaros (¡a veces son casi tan grandes como armarios, y dentro sólo estos tontitos!), son devueltos piando a sus jaulas. Contemplamos la paz que la Naturaleza ha sembrado en nuestros corazones, y nos la comemos enseguida quitándole el papelito. Solitarias, las bombillas nos alumbran. Se recogen los últimos desechos. Los padres de familia caen, siguiendo sus caprichosas ocurrencias, sobre sus nada allegados, y se ponen en celo al final del día, buscando algo más que llevarse a la boca. Entonces, del apagado bosque sale un reno, enseguida lo llevamos con nosotros, lo vamos a engrasar con la mantequilla de nuestros bocadillos. Mastican una y otra vez, y después se calman con un hermoso libro y un programa torcido. Los últimos incansables suben una vez más la estrecha senda para enseguida precipitarse abajo, mientras por las orillas del río ya se deslizan los animales, a los que el paisaje será entregado a las 17 horas. Por pereza, los nativos se quedan en sus casas, los hombres se entregan al aparato de televisión, en el que contemplan animales y paisajes y pueden aprender algo sobre sus propias e insensatas costumbres. Las mujeres no tienen trabajo. El viento sopla sobre las cumbres y calma el dolor, lo necesario para poderse distraer con una serie sobre cerveceros y aceiteros. Sí, la televisión es casi demasiado rápida para el caso, es decir: para el botón con el que ellos se desconectan y el aparato se conecta.

El día ya no mantiene seriamente la intención de ser azul. Por el camino, Gerti descansa a fondo en una taberna. Qué maravillosa se ve venir la nieve desde lejos. Ella bebe por inclinación a beber, otros beben por obligación, bien distintos de los amores, que piden alegremente algo de beber como piden que el aire juegue con ellos cuando bajan silbando pendiente abajo. Un rebaño entero, que culmina el día, se apretuja en el mostrador y se llena hasta los topes. La Naturaleza vuelve a ser sencilla y monocroma. Mañana volverán a despertarla las voces humanas y, con alegres martillazos, su público bajará dando golpes por las pistas. Sí, el público se ha retirado por entero de la alfombra de la Naturaleza, pero el colorido de la jornada está todavía pegado a él, el local está lleno hasta los topes de estos turistas. El germen de una pelea por el abrevadero de los hombres es ahogado por la posadera. Qué bien, venimos de la alegre lejanía, hemos sido lanzados de la montaña al valle y ya estamos repletos de cerveza. Un par de leñadores, los servidores más queridos de las montañas, alborotan ya, atizados por los urbanitas, en el local, antes de cortar como hachas a sus mujeres la única pierna que les queda. Gerti se sienta silenciosa, con el ceño fruncido, entre los clientes, que tienen que embutir su propia merienda y una guarnición de ensalada. Mañana mismo, o esta noche, esta mujer estará ante la residencia de vacaciones de Michael y atisbará por las ventanas cómo sus amigos utilizan sus bienes. Y ella, la rechazada, desaparecerá en la lejanía, nadie sabe dónde, como un alegre pensamiento. Mientras su marido rotura la comarca y asesina la música. Tengo frío. Los unos se han metido en los otros, hurgando todos en la basura en busca de la imagen amada que ayer se abrió ante ellos en la tienda de fotos. Ayer aún. Y hoy ya están bucando una nueva pareja, para conjurar mágicamente una sonrisa en su rostro, antes de abrazarla. ¡Sí, nosotras! Nos presentamos llenas de pena, y queremos estar guapas también para otros, porque nos lo hemos gastado todo en nuestra ropa, que ahora nos falta, cuando tenemos que desnudarnos y derrocharnos ante nuestro amante. Pero por lo pronto esta mujer se alimenta de alcohol; y la cosecha de otras personas, que también se atiborran en su abigarrada variedad, no les aporta nada. Se alza una ligera controversia en torno a su abrigo de nutria, que un esquiador ha pisado, pero pronto se calma. Esta multitud bajo la lámpara rústica: cómo imponen sus formas en los coloridos límites de plástico que se ponen para que esas formas y normas no se desborden, y tampoco lo hagan los modelos según los cuales fueron construidas. Se adornan como a sus casas, y se acompañan a pasear.

Las cosas van de maravilla. La mujer retrocede desorientada. Empujan un vaso hacia ella, el día casi parece correr, el sol ya se pone tras las montañas. Gerti es lanzada a la mezquina opinión popular como el agua se escapa de la mano de un niño. Pesadamente, los pobres del entorno abandonan a los suyos para ser arrojados con las manos sucias a las tabernas, a gorgotear como una fuente alimentada por lo que toman. Pero esta mujer debe irse a su casa, no es posible seguir bebiendo, debe guardar silencio, aquí vive el rebaño junto con sus buenos pastores, ¡vea el programa en sus páginas de televisión! La señora directora es una alegre nube, por lo menos eso parece, que ahora se hunde del sillón al suelo, donde se queda tal como cae. La posadera la coge, compasiva, por las axilas. De la barbilla de Gerti escurre un hilillo que se extiende en un charco. Todos los días no se puede andar así. La Naturaleza resplandece brillante una vez más, la última, desde fuera, y los rebaños de sus usuarios entran con espaldas pacientes, contentos de poder por fin echar un trago en vez de tenerse que rebelar bajo los latigazos de las retransmisiones olímpicas y dejarse acosar por las colinas. Si se deja en paz a estos hombres, verá usted cómo pierden rápidamente lo que supone su principal estímulo: mirar como las estrellas de cine y mirar encantados su propio álbum de fotos, en el que medimos las exigencias que nos planteamos a nosotros mismos. Pero aquí las olas rompen contra ellos, y tienen que abrirse paso por entre los anónimos habitantes del país. Lo hacen con sonido, color, olor y dinero. Una canción es adaptada a sus usuarios, la estación ha cambiado con dureza, y el clima ha cambiado repentinamente. El viento grita por entre el hielo cristalino que cuelga de los árboles. A las cavidades de la mujer se aferra aún más gente, eche un vistazo, dos hombres la levantan ahora. Sus monedas caen sobre la mujer. Se le paga un vino y un vaso de aguardiente. Con excusas bajo las que no pueden ocultar sus burdas partes sexuales, palpan a Gerti por todas partes. Un torrente de risas de sus mujeres, que con la misma rapidez, antes de que salga el sol, abrirán y pondrán en posición sus velludas ranuras. Todas gotean de naturaleza, a tal punto se han empapado de vida. Ha costado bastante sentarse como islas en esta taberna y vomitar. En broma, uno sube a caballito a una mujer; entre sus muslos, que aprieta a izquierda y derecha en las mejillas del hombre, se produce una dilatación y una rojez. Nadie quiere irse. Saltan, el No-Do acaba de terminar. Sólo un breve tramo, superable en segundos por la violencia, las partes sexuales se abren, y ya entran las unas en las otras y aprietan el acelerador, claman por su liberación, y truenan sus vísceras de los muchos vasitos que han metido, enviados allá para tiempos difíciles. En la oscuridad, los primeros ya escapan de las cadenas de su vestimenta. A Gerti le pellizcan el pecho, ¡alegres e inofensivos como verduras, pululamos por las tierras del amo, señoras mías! Es cosa de las tierras altas, en las que vivimos y nos dejamos sorprender por los instintos que brotan de nuestros pantalones de esquí.

Hurra, ahora la mujer vuelve a estar sentada como debe ser, en lo alto del banco. Se le alcanza otro vaso, en el que el alcohol envejece rápidamente, y ella lo tira con un golpe de muñeca. Esta gente generosa grita de furia, y sacude del brazo a la mujer. La posadera manda a una muchacha a buscar un trapo. Gerti se levanta y tira al suelo su monedero, en el que en seguida empieza a hurgar gente cuyos rostros sudorosos empiezan a irritarse a la vista del dinero. Los pobres se apretujan en el cuarto de atrás y se acuerdan del trabajo, que antaño se les abría de piernas sin tener que forzarlo. Pero ya no tiene sitio para ellos. ¡Oh, si aún lo tuvieran! Ahora están todo el día en casa, fregando los cacharros. ¿Y los otros clientes? No quieren nada más que buen tiempo y nieve rastrillada. Mañana volverán a arriesgar su vida en las montañas, quizá a pasarla por agua, si las temperaturas suben mucho, como se prevé. La posadera les allana suavemente el camino, por las buenas. Parece llevar a Gerti bajo el brazo, como caminando por encima del agua, sobre la espuma de los excursionistas, que sobrenada. Vea usted con cuánta seguridad salen estos viajeros de la Nada, se llenan de dones nacidos en ferias de artículos deportivos y salen al encuentro de la Muerte en las montañas. Se canta, sin ceremonia, una canción nacional. Los cantores no tienen mucho en común con las sirenas, quizá el sonido, pero no el aspecto. ¡Pero cantan y cantan, ahora en serio! Asustados, los habitantes del lugar, que ni siquiera pueden ser trabajadores del papel, se sientan delante de sus pantallas y miran fijamente su propio y astuto invento, ¿es que nadie participa de su dolor? ¿y por qué se les ha apartado y echado de la vida antes de poder ponerse ellos y sus esquíes a salvo en el sótano?

Solo, o incluso en compañía, no se debe conducir en este estado, ¡de lo contrario ya no se está seguro de uno mismo de por vida! Pero Gerti se estira hacia la cubierta de su pequeño receptáculo y se aparta de la orilla. Se pone a los remos. Se entrega a sus anchas a sus sentimientos. Michael: Ahora iremos a buscarlo a su casa, antes de que se enfríe. Enseguida esta mujer, llevada de sus sentidos, llorará delante de una casa ajena porque no hay nadie en ella. ¡Déjenos seguir! Acaban de encender las farolas. En el número en que estamos la mayoría del tiempo, una y sola, pero tirando, se lanza sobre su botín, los otros automovilistas. No pasa nada, como por un continuado milagro. En sus camisas de estar por casa, los hombres braman porque tienen que esperar la comida, los perros se precipitan sobre los visitantes y se apoderan sanamente de ellos. Por eso, a todos nos gusta vivir para nosotros, y nos mantenemos a cubierto como nuestros propios y mansos animales. De vez en cuando, tomamos un trago vacilante de otro, que dice estar repleto de una dulce necesidad. ¡Pero cuando de verdad se necesita algo, no se consigue de él!

14

Las gotas de grava crujen ante la casa, los perros saltan a nuestros cuellos, y la puerta se abre. La mujer da incluso un paso más, hacia la suave luz que irradia su caliente y expectante marido. Hace mucho que los niños, sin el consuelo de la música y el ritmo, han sido enviados a casa, donde ahora medio asoman de sus escondrijos, tras ser golpeados por sus padres. Aliviados al ver secarse en los labios las fuentes del arte, contentos como en una foto de familia, los niños se han lanzado por los caminos forestales y se han hecho trizas la figura y la ropa. ¡No hay que reunir a los vecinos con demasiada frecuencia, no hacen otra cosa que enfadarlo a uno! Todo lo que el Señor Director ha querido vuelve a tenerlo ahora, sus palabras son órdenes para nosotros. De su boca restallan los besos. Mantiene bajo la luz la cuchara con sus sentidos disueltos, pero nada se calienta. Besa a la mujer como la madre al ternero, su lengua también quiere meterse bajo las axilas de ella. Se calienta automáticamente al verla, pero por el momento su húmeda figura aún está cerrada. Él tiene la construcción de una montaña, y los arroyos han corrido ya por su frente, sin comparación con lo que inunda a sus trabajadores cuando, duramente marcados por sus estancias en el balneario (después de haber inferido heridas y castigos a su existencia), reciben una carta dentro de un sobre azul. Pero ninguno de ellos comprende a su mujer como ahora este hinchado director, que quiere volver a guiarla hacia sus orillas. Qué lleva en el bolsillo, sus bragas mojadas, que él arroja al suelo de madera. Cuántas veces ha pasado ya esto, pero la mayor parte de ellas son los criados los que cumplen esta obligación cuando no hay forma de que el grifo frene el paso del agua. Mañana, la mujer de la limpieza eliminará este rastro de vida. Gerti debe venir a su no pequeño establo. El niño, que ha pasado todo el día corriendo de un lado para otro, viene ahora disparado hacia la madre, difícil de entender en su lloriqueo, bañado en sudor por la pelea con sus compañeros. La madre, venida del cielo, le llena los labios de frases celestiales y hogareñas. Es el fardo que pueblos enteros tienen que cargar y que temer. ¿Quién ha vuelto a apretar el botón de esta familia? Que comprendan de una vez: no son más que tres personas para poner barrera al invierno. La familia: la mujer ya no está serena, el padre, que lleva consigo el talonario de cheques, lo carga en su cuenta con buen humor. Su propiedad es lo que más quiere. El hombre acaricia sonriendo a la mujer, pero sólo un segundo después escarba, rabioso, como un Terrier en un terreno ajeno, debajo de su abrigo, araña el forro de su vestido, que esa mujer mal educada debe quitarse de inmediato. Cariñosamente, le acaricia las mejillas con los dedos, como si el creador hubiera roto el lápiz antes de tiempo, y la vida tuviera que corregir su obra. La mujer no se las arregla bien con el piloto automático. Se apoya pesadamente en su andador.

¿A quién no le gustaría ser olvidado en las praderas de la vida, sólo para volver a aparecer de pronto en las ruinas de su vestimenta (todo pequeño y normado como casas en serie, pero no nos cambiaríamos ni por un rey)?

¡Entregarse completamente a otro, que pasa corriendo tan deprisa que aún tiene que conocernos! ¡Destacarse de la manada, salir de los raíles que conducen al dinero! Precipitarse sobre el niño, ya que felizmente ha aparecido, es para la mujer más que una idea, sí, los divinos van a celebrar una fiesta ahora, una fiesta entre buitres y violines! ¡Vámonos a Viena, al concierto! Se revuelca con el hijo por la alfombra del vestíbulo, pretextando jugar, pero su mano (ella no suda) agarra fuerte al niño bajo la bragueta. El hombre se esfuerza en sonreír, porque quiere volver a tener a la mujer para él solo mientras pueda matar tanta vida de un golpe. Veremos. Su resuelto taco de carne ya cuelga pesadamente de él, pesa más de cintura para abajo que la cabeza con la que piensa y ve. Ya se ha establecido una relación, pero no quiere seguir colgando. A menudo la carne le fuerza a uno a aguantar largo tiempo, como en un autobús de largo recorrido que recorre la noche con las cortinas bajas, ventana tras ventana, y como todo se mueve, la gente no se reúne.

El director ya tiene la mano en el bolsillo del pantalón, y acaricia su maza a través del forro. Enseguida su chorro abundante se precipitará sobre la mujer. Y también el niño irradia. La situación no es fácil, el niño ya se hunde, como la comida de un pequeño animal, bajo la cuchilla de la madre, que taladra esforzadamente su carne. La madre ríe bajito, con el pelo rebozado en el polvo del suelo, del que no se ocupa el ama de llaves. El niño querría contar lo que sus compañeros de juegos le han hecho, pero el padre no tiene tanto tiempo como usted para amar a los niños. Se arrodilla desvalido sobre su familia, lo único pequeño entre todo lo grande que ha creado. Todos ríen a mandíbula batiente. El padre les hace cosquillas alternativamente, como si quisiera sacarles la vida. Las risas continúan, el hombre está cada vez menos conmovido. ¡El niño puede serle arrebatado! Prefiere apuntar al regazo de la madre, en el que querría sentarse él. Para el niño la felicidad no pesa, y la desgracia tampoco es pesada, así que hay que hacer algo. Debe volver al orden, sí, más aún, ¡debe poner orden en su pequeña habitación! La madre siempre alivia las enfermedades. Y también al hombre las mujeres tienen que guardarlo dentro de sí, para que en esa capilla ardiente se mantenga a salvo de la tormenta de fuego que lanza los cuerpos a la noche como a perrillos, para que se vacíen y puedan dormir bien. Abundantes adornos de Navidad son colgados en ramas secas. ¡Lo importante es que se ha vivido, dejado claramente escrito el nombre de uno en las paredes, y haber recorrido de arriba abajo el menú de los sacramentos! ¡No, sólo sobre esta alfombra el buen gusto se siente como en casa! El hijo, nuestro público, conoce ya la lucha de los cuerpos y las uñas pintadas de muchas veces precedentes. Arranca a su padre una promesa en la que su Dios e ídolo, el deporte, representa el papel principal. Es atraído por promesas, por emocionantes alfombras de nieve tendidas sobre las montañas más lejanas. Creo que será emocionante ver correr a todos esos corredores hasta el ombligo de la Tierra. Se promete al niño una vivencia porque el padre espera mucho del cuerpo de la madre y sus ramificaciones que conducen a la noche: ¡Este paisaje no puede abarcar a más de cinco mil personas!

Los caballeros se engallan dentro de sus pantalones hechos al efecto, también el hijo contribuye ya a eso. Este niño, al que la madre no puede reprochar un crecimiento demasiado fuerte, se ha arrojado a sus pies como mezquino pienso para animales. Este niño, perteneciente al sexo fresco, ha sido criado por la madre, ¡y ahora ya no se le puede detener, corre y corre! Pero vayamos a los caballeros, de los que el director es el que más alto está. Su rabo puede salir en segundos de una bañera caliente y ser elegido, puede trabajar, y después vuelve a ser arriado, contento, por el destino, en el que habita la fuerza para jugar al tenis, montar en moto u otras actividades. Al caminar les baila, señores, los hombres intentan mucho entre las ramas débiles, pero yo estoy sola. El niño medita en un período de la Historia de la Tierra que después, por desgracia (¡demasiado tarde!) ya no podrá vivir. Antes, el padre le ha dado una enciclopedia y se ha inclinado, con aire didáctico, sobre su bien meditado número de hijos. Quizá más de un niño desviaría demasiado del padre los intereses de la madre. Quiere encadenar él mismo a la cama a su mujer, venenosa como la enfermedad: Dios es malvado, pero no hablamos aquí de él.

Como una campana, el director resuena sobre su comitiva sedente, a la que ha accedido con una guía turística. Fuera, los árboles se alzan oscuros, y esperan. La familia está reconciliada, los testículos cuelgan, pesados y descorteses, en sus revestimientos preferidos, en los armarios forrados de papel, en los globos de los calzoncillos y los pantalones de *jogging*. Pero basta con un pequeño acceso para que todo vuelva a salir. El sexo al que pertenecemos, cada uno al suyo, salta elástico como una cinta de goma, que mantiene unidos los haces más pobres (porque solos no cuentan), fuera de su saquito, cuando el solitario se vuelve hacia su propiedad como hacia su sombra, el único ser exactamente hecho a su medida. Ese ramillete de vida tiende a salir del cuerpo, y nos va bien. El que quiera mucho tendrá que comprarse algo. Incluso el niño: resplandece como un hombre hecho y derecho, que doblega a otros y se doblega ante otros. Va de unos a otros, señala su figura, que no se puede reparar, y camina por un sendero envidioso para pasar a toda velocidad por delante de nosotros. La mera impresión que hace es ya muy profunda. Sí, este niño es aún pequeño, pero está especialmente planificado como hombre, creo yo.

Ahora es aún una birria de niño, tan pequeño, pero ejerce sobre nuestros tímpanos una presión que revienta contra los pobres vecinos, que se quejarían si se atrevieran. Cariñosa, la madre reposa la boca sobre su pelo. El padre ya se ha vuelto inagotable, apenas puede contenerse. Lo que normalmente mantiene oculto a sus empleados, ahora no puede evitar que presione fuertemente sobre sus instintos. De risa, porque le hacen cosquillas, el niño descarga su abono en el rostro de la madre. No pasa nada, alborotamos como si hubiéramos lanzado un eructo húmedo. La mujer no puede estar lo bastante en guardia, demasiado tarde, ya la han medio desnudado por la espalda, mientras por delante sigue chupando al niño, con buenas palabras, diciéndole que debe recoger sus juguetes. Este hombre no se atreve a más, y aun así gana. Volando a baja altura, acaricia las posaderas de su mujer como los pájaros que aletean contra la luz. Hoy, el padre siente que su salud ruge, dentro de él y se supera. Coloca discretamente su hinchada cabeza explosiva, camuflada por la amplia bata de casa, en la raja del culo de su mujer, donde examina minuciosamente de qué dispone. Aún tiene que trazar un surco, así ayuda el campesino a la tierra. Ninguno de nosotros tiene que sobrellevar la vida en solitario. Pero, ¿por qué nadie le ayuda al comprar su coche, para que un cónyuge lo lleve todo a medias con él? Con los ojos muy abiertos, nos miramos mutuamente el sexo para apaciguarnos, delgados como nos esforzamos en estar con medicamentos y dietas. En activa competencia con los demás, que han venido a dejar su propia huella. Incluso ante la puerta abierta, el director medita qué entrada debe tomar para acostumbrarse. ¡Qué honor ser ofrendada en sacrificio! Oh Dios, qué hermoso ser una pesada carga en el carro, que se atasca de buen grado en el lodo y allí se revuelca. ¡Los hombres, traviesos, han quitado las señales de tráfico!

La familia se sigue besando y pedorreando. Ha terminado la feliz espera, palabras satisfechas cruzan la sala. La voz brota del Señor de la casa, se convierte en una batalla que él gana. Le arrastra consigo, el cielo casi hubiera olvidado a sus trabajadores y empleados, engrasados por su jefe supremo y su sagrada Iglesia, y que tienen que permanecer, garbosos y estabulados, en sus establos, donde agitan sus cencerros y raspan sus correas. ¿Cómo? ¿Ni siquiera ese espacio les deja a salvo de sus pisadas?

La mujer sabe dónde le aprieta a su marido el zapato con el que va a pisotear su cerca. A veces apenas aguanta hasta la noche, y la llama a su sala de reuniones de la fábrica, donde esta ave de rapiña no se contiene más y desea percibir, iracundo, su propiedad. Echa mano al nublado del sexo, y éste crece como un incendio. Pronto el pequeño ganador será sacado de su habitación sobre las perneras de los pantalones, donde ha estado atisbando el panorama hasta que alguien le ha mostrado el abono de su viaje de ensueño, para caer en forma de lluvia de oro sobre el regazo. Alegría para su propietario, desde lejos sus perros ya sienten su olor, y se precipitan hacia él. Todos los días son una fiesta. ¿Nos hallará al menos el sueño hoy? Nos lo hemos merecido, manteniéndonos quietos sobre las cumbres, bajo nuestras capas de calor, para que no se nos caiga un esquí. ¡Piense usted en los muchos pliegues de las camisas de los hombres, de las que podrían sacar sus sagrados arroyuelos!

Y también en la elegante vestimenta de Gerti, por enésima vez en este día, se abren brechas. Los hombres y sus fuelles, con cuya ayuda quieren resonar fuerte; en cambio, en verano sopla una amable brisa, y en invierno tenemos que coger aliento. El niño apenas se da cuenta de que entre nosotros se pisa y se es pisado. ¿No se va haciendo ya la hora de cenar? ¿Tendrá el director que volver a soltar de sus garras un rato a su mujer? ¿Es que quiere que se serene por completo? Mudos, el animal y su ronzal se miran mutuamente. El director aún quiere más: mezclar el cuerpo de su mujer, en toda su deformidad, sobre la mesa de la cocina, para que se adapte a la pasta que, bien tapada, suba. Así consigue la familia su alimento, y la Tierra sus seres, así se despiden los invitados en los umbrales, aunque se les ha dado bien de comer. ¡Señores! También ustedes me son extraños, pero alardean de tal modo que las redes crujen. Los manteles caen sobre la mesa, la familia se sienta, los pesados trozos de pan, de grano claramente destacado, tosco y caro sobre los platos de borde dorado, todos se han sentado aquí para lo que el padre quiera. Primero untará bien a la mujer, y después, sonriendo todavía por el día transcurrido al fin y al cabo, se ha ganado el pan y lo da ahora a su familia, los pesados mazos caerán sobre la pelvis de sordo sonido de la mujer. ¡Me creo, pero no creo en mí! ¡Mantengamos a toda costa los días festivos, y hagamos que el coro de la fábrica nos afine los instrumentos! El niño debe vivir, así son las cosas. De golpe y sin previo aviso, como el sol que a veces clava sus rayos como un relámpago. Ahora, en lo alto de las cumbres, ya se está encendiendo para mañana, pero nosotros, nominados en la nómina de los tigres de papel, ya hemos tenido nuestro fuego chisporroteante, y mantuvimos nuestros cuerpos en él hasta que casi se hicieron luz y nada. Sólo le aconsejo una cosa: ¡Encárguese de tener bebidas, y ya no tendrá que preocuparse por nada!

Del exterior viene un eco que se va apagando, al fin y al cabo es tarde, y lo privado se protege para entretenerse a solas. Aquellas que tienen que encargarse de la comida y el entretenimiento, allá en las casitas sobre el susurrante arroyo, donde hacen ruido con los cacharros, aquellas a medio hacer, a medio educar: ¡Sí, nosotras, las mujeres!, también estamos entre nosotras (vaya un consuelo). Para hacer más de nuestros maridos, solamente podemos atiborrarlos. Ahora la familia deja sueltos a los animales, que en las tinieblas ya no pueden recelar de nosotros. ¡También en el pueblo todo el mundo se tapa los ojos, y usted puede echar un vistazo a sus papeles, si lo tiene a bien! Mañana todos vendrán a hacer papel con los árboles del entorno, como si fuera fiesta para ellos. Entretanto, el director les presiona incluso desde la alianza que ha sellado con ellos y con el sindicato. Sólo a quien cante bien le caerán bien las sumas en la bolsa. Las deformes salas de los mesones de la ciudad rugen en aplausos cuando aparecen en ellas, largamente puestos en el menú y mirando cordialmente los sonidos de su propia cosecha, como si quisieran devorarse los unos a los otros. Una y otra vez, una ración de hombre trepa sobre la mujer que le corresponde para agotarse seriamente. Así, cuelgan como los riscos de su estirpe y de los pechos de su esposa. Están acostumbrados. Son rozados por una mano acariciante que sale a veces de la oscuridad, fugaz como una rama cargada de fruta. ¡Si pudieran tumbarse vacíos sólo un instante más (entonces sentirían a veces esta corriente de aire)! ¡Nadie debe retirar enseguida las botellas vacías! Ahora las mujeres adulan con sus armas para que se les regale algo, un nuevo vestido para su insignificancia. Gustan por su capacidad para soportar, pero no gustan a muchos. Enseguida vendrá al mundo un *gulasch* quemado.

Estaremos en contacto.

Cuando la puerta ha girado sobre sus goznes, Gerti empieza a amansarse tras el castillo de sus cortinas. Pero ¿tiene por eso el director que hacerse manifiesto? El niño va corriendo del uno al otro, se da importancia. El padre quisiera olvidarse del niño, lo levanta por la tirilla de los pantalones y lo vuelve a dejar caer al suelo. Por fin de la garganta de la madre va a salir un vómito social. ¡Rápido, a meterse los dedos! Sólo el niño, representado por un muchacho, molesta aún, porque vierte verdades desde su laringe también presionada: Quiere que le regalen algo. ¿Siguiendo qué criterios se ha escogido a este niño? Los padres son extorsionados, y se sientan, mudos, en su hermoso salón. Las existencias de lenguaje infantil parecen inagotables, pero les falta variedad, sólo tratan de dinero y bienes. Este niño desea de forma creíble torbellinos enteros de aparatos, tataratatá. Su lenguaje tropieza en todos los huecos en los que mamá ha puesto figuritas de animales. Este niño ama a su madre, porque ambos obedecen a la Ley común de que no es la Tierra la que los ha engendrado, sino el padre. Del niño brotan catálogos enteros de productos. También se le podría comprar un caballo. Sí, el niño desea concordar total y enteramente con una cosa, y no es la voz del violín, sino el deporte. Las mercancías se convierten en palabras, dímelo, dinero. El padre tiene que volver a soltar el bolsillo del pantalón, en el que retiene su cosa; sencillamente, de esta mujer no se puede pasar de largo sin actuar. Va a poner firme al niño, quizá lo lleve a la mesa por los pelos. El televisor emite una fuente de imágenes y sonidos, una medusa que extiende sus tentáculos hacia la habitación y permite a la juventud reconocerse en distintas celebridades. Está muy alto. El presidente de esta asociación grita iracundo su decisión: ¡Sin duda los tres han sido hechos por un mismo Padre, pero han sido ideados por mí!

Con el cuerpo reblandecido por el alcohol, la madre se tambalea y tropiezá con sus electrodomésticos. Sin necesidad, esta familia se compra su entorno. ¡Fíjese, esta paz! Las mesas se doblan bajo el resplandor de la lamparilla, que brilla sobre las secretas y benditas viandas. Qué país acogedor. El rabo medio tieso del padre está, bravíos como un perro de caza, apoyado entre los muslos, al borde del sillón; no falta nada, el glande medio asoma, el parapeto se dobla bajo su peso. Los hombres se desbordan allá donde comienzan sus vísceras, allá van, no demasiado deprisa, y una y otra vez salen corriendo por entre el boscaje. No, este sexo no se tumba a dormir antes de haber llovido, excitado y capaz. Así les gustaría. El padre se afila contra su asiento: ¡Qué variado, qué amable es el aspecto del valle que hay entre sus muslos! Lleva largo tiempo aquí, e igual de largo es. La mujer mira ante sí, y a veces da un puñetazo sobre la mesa. Si se la dejara, como ella quisiera, enseguida seguiría sus recientes deseos y se arrojaría a lo importante, que se llama Michael. Ahora este camino le está cerrado, me temo. Murmura oscuras palabras, por su boca apenas abierta. La residencia de vacaciones del estudiante, ese lugar de peregrinación para la carne de Gerti, todavía podemos ir después. En las casas los niños no cantan ni palmotean con sus manitas, tampoco el sol se atreve a nada más. Se hace el silencio. ¿Cuándo, me pregunto, cuándo comprenderá la mujer la perentoriedad de su órgano local de seguridad?

El niño bromea, ahora enteramente convertido en bestia. Siempre, antes de irse a dormir, cuando no se da

mucha importancia a la cena, el niño empieza a revolver-
se de vitalidad. También la madre deja caer con fuerza la
cabeza sobre la mesa. Su herida abierta depende de Michael. Muestra que no comerá nada, pero sí beberá. El
padre, para el que ya está sonando el cuerno de caza, deja
el escape libre, en su ropa de viaje. El niño le carga, ya
que ahora está en su propia casa, donde muere la gente
cuando no se la lleva a tiempo al hospital. Los últimos
obreros escapan al mal tiempo y corren a sus benditas casas. Pronto el silencio será total. El rabo del padre, esa
hercúlea musculatura, es atraído por la madre. Ahora
este perro arrogante duerme un poco, pero pronto el olor
llegará a su nariz. Arriba, se habla con el niño sobre el colegio. Después, se agarrará a la inclinada mujer por el
hueco de las axilas, será cogida por los hombros y vuelta
a incorporar. Ahora, el niño se hace cada vez más el amo
de la mesa. Desvelado por su apetito, el padre se hunde
profundamente dentro de sí mismo, vemos que la madre
ha venido sólo para irse y de nuevo volver. Esta gente no
puede quedarse quieta, lo que en líneas generales afecta
a los enormemente ricos desarraigados. En ningún sitio
se quedan, se trasladan con las nubes y los ríos, sus coro-
nas susurran sobre ellos y sus bolsas crujen. Mejor en
cualquier otro sitio, y abren su pecho al Sol. Y siempre la
misma respuesta a la pregunta: ¿Quién está al teléfono?
El niño se hace más pesado, saca brillo a su lista de regalos de cumpleaños, pero no lija ni uno de sus deseos. El
padre hace lo mismo por principio. Sudando, quiere re-
frescar a la madre con su manantial. La vida susurra en
torno a sus tobillos; probablemente en el calor de sus sentidos, que ninguna goma podría aguantar, descansa su
vientre, y las llamas aletean en torno a su figura. El niño
exige mucho, para poder conseguir la mayoría. Los padres, que en medio de sus sensaciones han sido por fin
atrapados por el cobrador del coche-cama (fuera, el pai-

saje pasa volando, y sus instintos crecen por encima de ellos y salen al exterior), quieren por distintas razones que el niño vuelva a cerrar la boca abierta. Los pactos se rompen. Practicar violín durante una hora no es el mundo. Ahora la mujer come unos bocados. Al niño aún le falta mucho para madurar. ¡Mejor terminemos nosotros!

No pueden sentarse desnudos y abrazados, el niño les molesta. Este niño vive en el delirio. No tiene secretos para sus padres, mientras gorgotea con la leche tras los dientes de leche que le quedan. Esta arquitectura con la que está sujeto a los padres es una fuerte vinculación. En realidad, el niño no sólo molesta cuando agarra el arco del violín. Molesta siempre. Tal exceso (los niños) lo provocan sólo las relaciones poco pensadas, que traen a casa su propia perturbación, para que empiece a brillar clara y estúpida como una lamparilla desde su lenguaje inhábil, en lugar de que todos puedan cohabitar juntos en todos los posibles agujeros de sus viviendas. El padre querría por fin arrancar las telas a su mujer y descender impetuoso por su colina, pero no, el niño atraviesa la habitación como un día festivo, su cuerno resuena por la casa, en la que todo invita al amor, sobre todo la expresa construcción del padre que, como el gran sofa del salón, es magníficamente adecuada para el amor. Cuán hermosos florecen en los caminos estos viajantes del sexo, estas cuidadas plantitas, ¡por favor no las arranque, ya arrancan ellas solas! ¡Escóndete en el bosque, pero no les pises los pies, pueden ser locamente venenosas en medio de todo ese verdor!

En la cocina, el padre echa un par de pastillas en el zumo de su hijo, para hacer callar de una vez a esa máquina siempre en servicio. Al hijo el zumo no le hará mucho, pero el padre, oh, cuando se haga el silencio saltará desde su traje dentro de la madre, dando zancadas por el camino largamente allanado. Dios envía a sus caminantes por montañas y valles hasta que al fin se aniquilan mutuamente y pueden seguir viaje con los niños con tarifa para grupos. Al entrar en escena cantan y se arremangan, presumiendo lo que van a hacer, al abandonar el órgano dejan tras de sí su montón de estiércol. Así rezan las normas de las áreas de descanso de nuestra vida, con ellas el paisaje queda libre en el valle. El padre descenderá por el sendero que por amor a nosotros baja de la montaña, y enseguida irá a refrescarse a la lechería de la madre, donde puede beber directamente del chorro. Una versión especial a medida no la hay ni para un director. Estos pezones están bien cubiertos por el tiempo, pero pegan de maravilla con su vida cotidiana. Por fin el niño va a hundirse en el sueño en esta casa, después de que pretendía tocar un poquito el violín. Ahora, ¡fuera este personaje! Nos vamos a la cama. Una pena nocturna más para la madre, que ya no percibe con claridad a su hijo, al que tiene ante sus ojos. ¡Cuántas fotos como ésta han sido destruidas! El niño ríe y grita y arma un poco de jaleo, hasta que la última pastilla pasa a su sangre. Sí, este hijo parlotea como si quisiera revolcarse en la luz de proscenio del atardecer, en la salsa de su riqueza. Tampoco los mayores ni los más fuertes se atreven, testarudos, a mostrar sus cosas ante él. En sus casas hay jaulas, muy pegadas, en las que también comen las personas. La madre busca evitar el comercio con el sexo del padre, esa devastación con la que él hizo su obra en ella con los recursos de la Santa Alianza. Sí, quiere vivir, pero no ser visitada.

¿Qué no haríamos para desviar la imparable cháchara del niño a una cuenta de escape, donde también nosotros pudiéramos depositarnos por fin y, como el dinero, crecer durante el sueño? Es como si esta botella se hubiera descorchado definitivamente. Sus recuerdos son más hábiles que los caminantes, sus extractos de cuenta hablan claramente de una montaña de intereses y unos tipos heridos de interés. El hijo debe dormir y amojamarse, por mí hoy le podemos ahorrar el baño. Bueno, por fin, ¿no lo decía yo?, por fin ha dejado de hablar y se recuesta en el sillón. Antes, con cada palabra, afirmaba con descaro sus conocimientos, ahora ya lo cubren el aire y el tiempo, como si nunca hubiera existido. Todo —nada es en vano— desemboca en un hilo de bebida en sus labios, en su mandíbula infantil, donde ha florecido su sonrisa. El niño, ya que por fin hay calma, es abrazado y besado, inarticuladamente, por la madre. Hasta mañana habrá silencio. Lo principal es que el niño ha sido quitado de en medio. Nos había cercado en toda regla, este niño. Tenemos que tapar todas las aberturas, pegarnos a nuestra actual situación, el amor. El cuarto del niño está construido en paredes rústicas, pesadamente cargadas de objetos, el padre lo sube en brazos y lo deja caer sobre el colchón como a un blando almohadón. Lo que se queda quieto, muerde el polvo. El niño duerme ya, demasiado cansado como para que de su pico salten más chispas hoy. Los mayores explotan su parentesco y echan mano a sus branquias para demostrar que la edad no puede con ellos. No están inhibidos, y gustan de cosechar, ya no tienen nada que perder. Como en el cielo los insectos, el padre se lanzará en seguida en picado y libará la hierba recién cortada. En menos de cinco minutos ha ensartado a la madre por el vientre, un milagro teniendo en cuenta su tosca figura. ¡Señores míos, ya han salpicado bastante con sus mangueras! ¡Ahora saquen el gigante blanco, y de rodillas, por la noche, en el puerto de la casa, úsenlo! Los hombres: les han sacado los ojos, y ahora quieren pinchar a alguien todo el tiempo.

Este niño es tan pequeño, y ya brilla por entero (está entero). Delicadamente, la madre se tiende como un aditamento en su cama, ¿va a garantizar una noche de amor? No, pronto se extinguirá bajo los firmes músculos de su marido, que quiere desnatarse. El niño duerme ya profundamente. La madre se agota en insensatos besos, que extiende sobre la colcha. Frota la fláccida masa de su hijo. ¿Cómo es que ha dejado de crecer por hoy? No es natural que su espíritu se haya evadido tan rápido. Conoce bien al niño. ¿Qué grifo ha cerrado el padre? Pero hace mucho que éste se encuentra ya en su cuarto de *hobbys*, y se bombea jugo dentro del émbolo, hasta poder llenarse por entero. Ha envenenado de sueño el zumo del niño para que pueda habitar la tranquilizadora noche, a salvo de sus héroes del deporte y de la química. Despertará para deslizarse sobre las colinas, pero de momento ha sido apartado del lado de la madre. Y la madre tiene que quedarse a su lado, porque no se sabe lo que vendrá después.

Gerti se mete bajo la colcha, deposita sus besos en la almohada, junto al niño. Hurga en las tripas de la colcha, ¿es que va comprendiendo poco a poco que está sin salvación unida al hombre por el talón? ¡Y ahora, en silencio, a la pista y a arrancar! Sólo esta vinculación la retiene en las montañas, hasta que se hunda en el desconsuelo. Ahora el padre está ya en su taller, cargando las baterías, no hay que despreciar nunca una buena botella. ¿Es éste un derecho que la Naturaleza, que nos lo ha dado, nos vuelve a quitar? Un poco después, estará en el baño y lo meará todo. De momento, la mujer ya sale corriendo de la casa, acurrucada dentro de su abrigo. Corre por el jardín, como el campesino que persigue viles roedores, hace quiebros sin ser consciente de ello, da rodeos. Mientras corre, ha sacado del bolso la llave del coche. ¿Cuándo empezará por fin el futuro? Ya está en el coche, cuya pesada trasera patinará si arranca de ese modo, para sacarlo tambaléandose a la carretera general. El vehículo en medio de la oscuridad asusta a las últimas almas perdidas que caminan vacilantes hacia su casa para responder a la ternura con brutalidad. Los faros no son encendidos, Gerti conduce como en sueños, porque los lugares soleados aún están lejos y todas las colinas son conocidas y quedan muy atrás. Sería mejor tratar a este personaje con un poco de delicadeza. Entretanto, el niño florece en su cama, y se deja ir en sus sueños. El director se exprime en su retrete. Oye el ruido del coche y corre a la terraza, todavía con el rabo en la mano, sujeto con tres dedos como mandan los cánones. ¿Adónde va la mujer, quiere ir en la realidad más allá que en sus pensamientos? y ustedes, señores, que se aferran a sus cabezas taladradas, ¿cómo pueden expresar su ansiedad? El director se sienta en su Mercedes. Los dos pesados vehículos se lanzan al paisaje, se persiguen por sus desfiladeros. Entretanto, los míseros propietarios colindantes a esta errática carretera de tres kilómetros se lanzan los unos sobre los otros en brazos del amor, los aparatos de los toscos empleados retumban un poco, y ya han terminado con los gestos del amor. ¡Sí, huéspedes del amor! No se sienten a gusto en casa ajena. Los dos coches se persiguen a toda velocidad. Trepan sobre pequeños taludes y vuelven a deslizarse por el otro lado. Estamos contentos de que los motores sean tan potentes bajo los capós y puedan perseguir como trineos a los jóvenes que vuelven de la discoteca, con sus peligrosos caballos de fuerza. Antes, el hombre no ha podido palpar siquiera los pezoncitos de la mujer. Corren. Hoy ya no crece nada en la Naturaleza, pero mañana tal vez llegue un nuevo envío de jugos. Hay nieve, pero de ese árbol volverá a colgar en un momento u otro un fruto cuyo valioso nombre desconozco.

El director ha reunido para vosotros todos sus productos naturales, y corre tras el contacto social de su mujer. TIENE que alcanzarla. A todo gas, ambos se precipitan por las carreteras. En breve, la residencia de vacaciones de Michael aparecerá al borde del camino, ¡oh, amantes que no habéis salido hoy a nuestro encuentro, qué suerte habéis tenido! En las ventanas iluminadas, un funcionario de la elegancia, anunciado en gran tamaño en la oscuridad. Los muchos puntos ajados del cuerpo humano, véalo usted mismo, pueden ser transformados, con ayuda de la industria y de las empresas extranjeras, en una colonia de vacaciones de muy buen aspecto, en la que podemos pasear con una correa nuestros múltiples intereses. Por delante van nuestros pesados bozales de acero. Sí, allá donde la marea del deseo cae sobre la pradera, los hombres crecen casi veinte centímetros por encima de sí mismos. Entonces, nos llevan por su estrecho sendero, y se dice de ellos que no cejan hasta que se les ha terminado la corriente, el combustible y el tiempo. Dentro, fuera, y descansan.

15

Sonriendo, Michael amenaza con salir de su iluminado campo, donde fluye más allá de los ventanales panorámicos. Su mundo está bien emsamblado, él dispone de suficiente habilidad a la hora de conducir, y se alicata, joven y salvado para por lo menos tres años, con sus brillantes instalaciones sanitarias vitales. Ahora, por nada del mundo abrirá su puerta. Con estrépito, dos personas se hunden en su umbral, donde por lo común se detienen los trenes esplendentes de los amigos. Michael no está en casa. La mujer patea la puerta, la golpea con los puños. Lo que era, parece no haber sido nada. ¡Las cosas que le ha dicho, que le ha hecho, y todo en vano! Pero el lenguaje nunca les falta a los hombres, y tampoco hay más que él dentro de ellos. Empieza a nevar suavemente. Encima. Tras su hermoso enlucido de ropa, el estudiante está junto a la ventana y mira. La noche ya ha perdido parte de su magia a sus manos. Este joven tiene varios telesillas, y lo llevan a lo alto o a lo lejos. Con un ligero crujir, y forrado de marcas sobre las que incluso se sienta, recorre la espina dorsal del país. Nunca está solo y nunca está callado, y pronto el Sol volverá a brillar sobre él. Empiezan a oírse unos leves gritos. Nubes de animales salvajes salen de los bosques al claro, y este miembro mediano de la joven camada está callado ahí, sin comprensión en medio de su claridad, que parece atraer también a otros bichos. Michael está ahí, cargado de amabilidad, bajo la corriente. Está en su casa, y se guarda. La mujer llora delante de su puerta, su corazón trabaja como enloquecido. Sus sentidos están desafinados, porque han tenido que hacer muchas horas extras y, además, no suenan tan bien al aire libre, con estas temperaturas. Casi al mismo tiempo el circuito de la mujer, sobrecargado de alcohol, se interrumpe, y se hunde en un montón de carne junto a la puerta. Estiércol sobre un parterre congelado. Durante el día, en filas, los telesillas avanzan para garantizar el acceso al paisaje, sin amor, se acierta y se cae sobre otras personas. Esta mujer no podrá sentirse de verdad en casa en ningún lugar del mundo. Un poco de corriente y de ambiente humano llegan al matorral. Un escándalo.

Las y los deportistas han caminado como patos por los desniveles durante todo el día, pero ahora que se les necesitaría no se ve a ninguno que saque a la mujer de su asalto contra sí misma, le toque el corazón y la detenga. Usualmente, el director se encarga en su empresa de la regulación del flujo económico, hacia cuyo lecho encauzado se dirige, junto con su miembro, y produce él mismo un buen arroyuelo. Se encarga de que el agua vuelva a correr en su sentido y por sus sentidos. El matrimonio está ahora rodeado por las sombras de las casas, los árboles, la noche. Gerti golpea la puerta inmisericorde y cae ya resbalando por ella. La golpea con los pies. El estudiante, antes de poder hacer algo, evalúa el valor de cada esfuerzo. Sonríe y se queda en su sitio, al fin y al cabo Hermann, su marido, está ahí, él no pretende equiparársele en ningún momento. Y este hombre dirige la vista hacia arriba, donde no está acostumbrado a ver a nadie. Las miradas de los hombres se encuentran a medio camino, ambos están motorizados. Casi simultáneamente, durante un segundo, sienten cómo sus cuerpos se resisten a la Muerte. Michael se inclina unos grados, en una diminuta reverencia. Ambos han oído ya susurrar la conchita de Gerti junto a sus oídos, ¡muchas gracias! Ni siquiera bracear, para desequilibrar unos centímetros el propulsor de los placeres, que levanta viento, con ruido y crujir de cristales, a la altura de la cabeza. Por lo menos uno de ellos no está a favor de quitarse la cara vestimenta por la voluntad de esta mujer. El joven se enciende un cigarrillo, ya que le han puesto la cerilla en la mano, encadenado como está a su pista de descenso, oyendo a su alrededor las aves de rapiña de la montaña, que quieren arrebatarle la última llamita de su mechero de gas para dársela a hombres que están por debajo de él, y se sienten más unidos a Dios que él. En el pueblo el fuego le da igual, no tiene por qué llevarlo. Gerti se ha escapado del remolino de su rebaño, donde el fuego crepita agradablemente. Pero ahora ya está bien, ¡debe dejarse engarzar, esa piedra preciosa en el hogar del director! Mirándola con ojos escrutadores, el director la coge por el talle y comienza a arrastrarla por el suelo nocturno recubierto de escarcha. Ella piafa y patalea con los cascos, ¡es capaz de romperle el cuello de la camisa! Sigue llevando el vestido de seda de esta mañana, en el que habían anidado las esperanzas, y por delante y por detrás tiene buen aspecto, digno de la figura de Gerti, aunque parece como si el día, cubierto de nieve, ya se hubiera puesto un poco. El estudiante no es generoso, ni lo será. Mira al exterior, haciendo sombra a sus ojos, la luz basta para bañar a la pareja a la perfección. Él no siempre rechaza lo que conoce. Al fin y al cabo, ha probado a ir con descaro campo a través, molestar a los animales, respirar el aire y después, usado, volver a la pista. En cualquier caso, no se aventura a ir mucho más lejos, pero sí puede hacer un marco para esta sagrada familia y la visión que tiene de ellos, como en una postal. Se protege los ojos para acostumbrarlos a la oscuridad. La Naturaleza no es dulce, la Naturaleza es salvaje, y los hombres escapan de su vacío precisamente dentro de los otros, donde siempre hay ya alguien. Quizá Michael se vaya a beber un trago con el director, porque le gustaría terminar con su propio y tonto pincel el cuadro que Michael ha empezado como un duendecillo. Entre los pinos ya no se necesita el lenguaje. ¡Echémoslo pues a un lado!

El silencio barre las calles, y Dios transfigura a los vecinos de esta región, de los que algunos siguen trabajando, unos cuantos tallando sus muebles y casas, el resto buscando su pareja del momento, de residencia no permanente. Hay que hacerlas siempre de nuevo (y enseguida bajan río abajo) para hacer realidad la eterna promesa de la naturaleza de trabajo y vivienda. ¡Al final se harán sedentarios! Así se atendrán al lapso de la Naturaleza: sus dulces pasos en falso se han convertido en personas; y también los errores humanos han destruido el bosque del que viven. Y una cosa más que la Naturaleza ha prometido: el derecho al trabajo, según el cual todo habitante que haya concluido una alianza con su empresario podrá ser redimido de ella por Dios a través de la Muerte (la apestosa solución de Dios). Ahora me he confundido. Y tampoco los gobernantes saben la solución al dilema. El trabajo disminuye, la gente aumenta y hace todo lo posible para que todo siga igual y ellos mismos puedan seguir también. Como ahora, cuando cuelgan del muro, cansados, pero orgullosos, los símbolos de su vida, y sueltan el cepillo de carpintero. Alrededor los cuerpos empiezan a desplegarse, surgen figuras de la más rara especie. Si el arquitecto de estos usuarios de autopistas pudiera ver resucitar de sus revueltas camas conyugales a estos abortos enrojecidos por la esperanza

(¡y todo lo demás que han resucitado!), volvería a montarlos de nuevo en otra forma, pues él mismo había resucitado, de forma mucho más excitante, de su estrecha cámara, para servirnos a todos de modelo que puede ser estudiado en museos e iglesias. Qué malas notas damos al creador, porque sencillamente estamos aquí y no podemos hacer nada al respecto: ahora todos se mueven, susurran, se mueven hacia el trabajo de sus abdómenes al ritmo de la música pop de Radio 3 o de un disco aún más simple. ¡Con cuánta sangre fría reaccionó Marx a nosotros! Todas las deudas malgastadas que ahora, muy juntos, van a cobrar, ¡quién les diera algo en esta hora! Ni siquiera el del bar del puente, en su oscura pulsión por cobrar más de lo que ha servido en bebidas que él mismo golosea con la cena que ha preparado, mientras Josefa, la pinche de cocina de 86 años, lame los platos, engulle los restos. Siempre queda algo del trabajo, del que dependen como no lo hacen de lo que más quieren. Las mujeres están recién hechas o en conserva. Sí, también ellas desean algo, pero no gimen ya bajo el látigo del tiempo, que les dicta incluso la ropa que han de llevar. Así refunfuñan sus cuerpos gruesos y panzudos, la vida continúa, el marido desaparece de forma permanente en la Muerte, las horas caen al suelo, pero las mujeres se mueven ágilmente por la casa, jamás a salvo de todos los golpes del destino. ¡Cómo se parecen a sus costumbres! Todos los días es lo mismo. Así será mañana. ¡Basta! ¡Basta! Pero el día siguiente aún no ha llegado, el ama de casa todavía no puede entrar a él para ser rematada por aún más trabajo. Ahora descansan sin sentir los unos en los otros, los émbolos descienden, las intrincadas costas de los cuerpos son enfiladas y erradas, sí, caemos, pero no caemos muy hondo, somos tan superficiales como superficial es lo que nos rodea. Si se tratara de lo que ganamos, nos llegaría para comprar zapatos con los que revestir nuestros cansados pies de caminante, pero no más, y nuestros tobillos ya están rodeados por nuestras parejas, que quieren jugar y se consideran triunfos de la baraja, oh espanto, ¡nos vencen realmente! Y la distancia al cielo sigue siendo igual de grande. El pie rápido al estribo del coche, que hemos conseguido con esfuerzo para nuestros cuerpos en forma de trabajo, en una actividad de muchas horas para la fábrica. Nos hemos presentado en la figura del hijo de Dios, y después de muchos años no nos queda más que este subir al más pequeño de los coches medianos, y se nos niega la entrada a la fábrica, cuyo acceso entretanto ha sido levemente modificado por un artista del control, recién llegado a los mandos. ¡Sí, han amortizado nuestro puestecillo, entretanto la fábrica trabaja casi por sí sola, lo ha aprendido de nosotros! Pero antes de que llegue la pobreza y haya que vender el coche queremos volver un par de veces del extranjero. Queremos despilfarrarnos un par de veces dentro de los otros, de esta mesa no nos expulsará ningún pensamiento que se le haya deslizado en la mente a nuestro propietario, ningún traje que nos llame desde una revista, ningún abuso con el que acortemos rápidamente nuestra vida, porque, pobres percherones, teníamos que haber llevado a nuestro prado unos cuantos caballos más de potencia. Y por fin el director ¡ya no es el único que manda! El consorcio, ese busardo, ni siquiera él puede disparar a lo alto como quiere, ¡quién sabe a qué otra bestia daría!

Así que todos tenemos nuestras preocupaciones: a quién amamos y qué podríamos comer.

No se les tendría por falsos en sus sentimientos, sino por verdaderas joyas con las que otros se adornan: Los rebaños de quebrados cuerpos corno los que allí vagan, mejorados (zapatos nuevos), por los caminos de sus pequeños enamoramientos, y se deslizan inquietos en sus habitaciones. Un coro de hombres que con su eco de mil voces envía al padre al aire con el telesilla. Él ha establecido las zonas erógenas con las que la mujer se adorna por la noche, y su trabajo desaparece rápido bajo ellas, antes de que alguien pueda pagarlo como es debido. Confusos, los hombres miran en los agujeros de sus mujeres, abiertos por la vida, sí, miran como si ya supieran que la cajetilla que les esparce el grano desde hace años lleva mucho tiempo vacía, Pero el amor depende de uno. Y mañana temprano habrá que coger el primer autobús, y si tienen que parecerse a su mujer, que depende de ellos y de su corta cartera: ¡Adelante! El trabajo no está esperando en la calle.

También los otros recorren este camino hacia la Muerte. Se acompañan un rato mutuamente, respiran hondo ante la puerta para que les abran. Y allí vienen aún más personas, caídas mutuamente en las ramas más débiles, para enlazar sus miembros. Para estar juntos si tienen que enfrentarse con el capataz. ¡Se tiene que poder hacer algo! Crecer y multiplicarse sería un buen comienzo si uno se pudiera hundir en el surco que la fábrica hace cada día. Y de entre el botín los propietarios eligen lo mejor que han visto cada año en las playas de Rímini y Carola, donde usted, floreciendo exuberante, se ha hundido bajo los cascotes de sus breves amigos.

El director de esta fábrica arrastra a su mujer de vuelta al coche, para reducir la corta pausa laboral con más actividad aún. Provenientes de su emisora, en los oídos de ella resuenan palabras de amor, y ella las recibe pataleando y balbuceando, como las parejas de enamorados sin equipo estéreo que escuchan su música de baile pasada la medianoche. La ventana, en cuya sección vemos uno de esos abigarrados trajes de *jogging* —igual que los que van a llenarse a los locales, sólo que más pequeño y mínimo—, se mantiene tercamente iluminada. El joven se estira las mangas, cerradas por un puño trenzado, y mira fijamente a esas personas insípidas, completas no obstante en su género, si se tienen en cuenta sus ingresos procedentes de la fábrica humana y su influencia sobre la política del Parlamento regional. ¡Qué estupendo es cantar con los ricos y no tener que pertenecer al coro de su fábrica! ¡Aprender sus costumbres, pero no tener que estar de pie en sus campos y cortarse el pelo en la época de la cosecha! Como pesados toros, los dos coches pacen juntos delante de la casa, y ahora a uno de los animales se le saca parte de las vísceras. La puerta se abre, la lucecita se enciende. Se envían palabras cariñosas a la patria de Gerti. Este padre de familia no ha venido para castigar, sino para consolar y tomar nuevamente posesión, resplandece como una ciudad detrás de sus puertas. No tiene más deseo que su mujer, que le basta, al contrario que a otros, que no pueden dejar de ser sobrios, de cantar y decir qué foto prefieren en los establecimientos pertinentes. ¡Qué activos son en sus explotaciones sexuales, una vez que termina el trabajo! Y fíjese lo que han pescado, estos rodaballos en un estanque de carpas: me parece que a veces la Naturaleza no tiene compasión. El director depende de su mujer, sus amplios callejones le son familiares. Y mientras el silencioso vecino de detrás de la ventana sigue colgando en el aire con su querido catálogo de motocicletas, el director arroja a Gerti sobre los asientos delanteros (antes ha tenido que pulsar un botón, no diré cuál), le sube el vestido a la cabeza y abre violentamente sus nalgas, para poder entrar enseguida en su interior, saltando ese burdo e incompetente dique. Delicadas, las manos amasan los pechos, la lengua silba cordial en oído. Esto ya se ha hecho a menudo, porque una casa gusta de construirse junto a la otra, no para apoyar al vecino, sino para atormentarlo. Sin duda es un poco incómodo, el verano está lejos, la calle apartada, los animales están sabrosos, y todo va a parar a los locales previstos, o por menos no lejos de la diana en la huchita. Como en sueños, este oleaje puede romper y tomar asiento en su apostadero en mitad de la Naturaleza. Por debajo, a la luz del brillo de los prismíticos, los miembros enlazados van de acá para allá entre el trabajo, el dinero y los poderosos, que no gustan de estar solos. Constantemente tienen que acostarse los unos sobre los otros e invertir los unos en los otros. La actividad de los hombres comienza con nuevos objetivos, el clima es frío, y cada vez que el director saca un poco su fornido rabo lanza una vigorosa mirada a su silencioso admirador de la ventana. Para hacerlo, no tiene que torcerse mucho. ¡Quizá ahora el joven también se eche mano! Me parece que lo hará realmente. De cintura para abajo, todos los hombres somos iguales. Es decir, que somos de nuestras mujeres y nos dejamos coger la mano en la calle, sin resistirnos, sin destino. ¡Cojamos sitio! Michael tiene la mano en la parte delantera de sus pantalones de *jogging*, creo yo, y llena por completo su ropa. El vestido de Gerti ya ha sido totalmente desabotonado y las tetas han saltado fuera, ¡con perdón! Da igual que también salgan los aires del director, en lo más íntimo él tiene en cuenta la solemnidad y la calidad, le perdonamos. Boca abajo, la mujer es presionada contra la tapicería del coche, como si un ligero sueño se ocultara en las sombras del cuero. Sus piernas cuelgan, a derecha e izquierda, por la puerta abierta. ¡Y su marido, ese rugiente nativo al que hemos entregado nuestra patria para que haga papel con ella (de todas formas, los árboles estaban condenados a una fuerte tonsura), se encuentra más en casa aquí de lo que nosotros podríamos estar nunca! Escucho cómo este pájaro grita al cantar. Hace sitio a Gerti y le introduce brutalmente algunos de sus cariñosos dedos. Le habla amablemente, le describe los futuros encuentros que puede ganar. Después, vuelve a caer con estrépito en su agujero. Se retira brevemente y palpa su cetro: ya lo vemos, sus pasos son ilimitados y desmesurados. La mujer es ahora examinada por un perito que prueba sus fuerzas bajo el capó del motor y vuelve a enviar a su pequeño vendedor, más aún, le acompaña personalmente, vamos a columpiar al niño y después cerrar bien detrás de él.

Hace mucho que los secretos de Gerti han sido aireados, sus puertas más cerradas están abiertas, ahora se le golpea en el trasero y en las caderas, así se saluda entre amigos, y así no nós equivocamos. También con el camión de la lengua entra el director, ¿quién nos lo indica? Algunos jóvenes del pueblo han instalado su puesto ante los posters de mujeres desnudas, y esperan ser tenidos en cuenta cuando se repartan los puestos. Quieren cobrar, pero no pagar. Sus mujeres les ayudan con su inmortalidad y con la alta tasa de mortalidad de su trabajo. Pero el director recorre solo su ardiente camino. Todo el mundo conoce su chorro aún joven. Ahora la mujer tiene que soportarlo, mezclada sin orden con él, en su culo, seguro que hay otros senderos, y mejor construidos. Mientras los otros hombres están a merced de la enfermedad, este Señor se sirve con serenidad de su propio mostrador, del que también, de la vecindad, procede su niño. No hay nada que temer, aquí su miembro descansa seguro. Ahora el animal excitado aún trota dentro de la mujer, a la que ha sido llevado para crecer. El ternerillo se deja coger fácilmente en la cadena que ha roto. Y allí se queda, hasta que termina de disparar. La mujer ya está duramente marcada por la persistencia de los familiares pasos. No importa, para todo hay una buena crema y un buen regalo en metálico. Quien lubrica viaja mejor.

Y pronto crecerá la hierba fresca para que el hombre pueda arrancarla.

Vaya un grupo divino, que pronto tendrá que irse a descansar. Ambos se amenazan cuerpo a cuerpo. Lamentándose por ciertos deslices, el director cae flojamente sobre su mujer, que estaba tan bien preparada. Ha explotado a fondo su valiosísima y recomendable región, en la que tardará en crecer la hierba. Su río sale furioso de él, y entretanto sus dioses y jefes de personal toman con violencia lo suyo de los siervos que les son presentados en bandeja de oro. Escoja usted también de entre muchas la mejor, y vea: ¡ya la tiene en casa, llámela su preciosa media naranja y póngala a fregar y limpiar y sudar!

Por esta vez, el director ha sido válido y ha hecho feliz a su mujer. Pero mañana podrá volver a desbordarse, a disparar desde las caderas y comprarse cualquier billete, quién sabe hacia donde. Sea como sea, la mujer sigue estando guardada y codiciada, los senderos pueden ir en todas direcciones, hay tantos caminos que recorrer: al teatro, al concierto, al abono de la ópera, allí se pueden degustar las cosas que el director le alcanza a una lloriqueando, y volverlas a empaquetar. Ahora la ha vuelto de espaldas, y se inclina ante su rostro. Un hilillo de baba cae, y así a la mujer, como a un suave y cansado lactante, se le sirve en los labios el panecillo de carne con salsa. Mmmmm, muy bien. El marido desea que recoja lo que ha traído de la cocina para emerger y descongelar. Primero la orilla, después el mástil, así se instala el orden hasta en los menores pliegues, al fin y al cabo habrá que conducir, y cuidar la tapicería, con su espuma activa. Y después Gerti aún tiene que cubrir de besos el saco peludo, que no salga mal. Como una serpiente, el director destroza el vestido a su mujer, de un solo golpe, pero al mismo tiempo le susurra que mañana tendrá dos nuevos a cambio. El vestido es arrancado con fuerza por delante. El cuerpo de Gerti es cubierto de besos, desde una favorable altura, y vuelto a sujetar con el cinturón a su asiento, donde permanece quieto y no devuelve ninguna de las miradas que recibe. El director despedaza también la ropa interior de Gerti, y desnuda toda su ruinosa fachada; pronto, aunque sea fuera, fuera del gastado maletín, aparecerá un amable verdor, ¡sólo uno o dos meses más de invierno! El viento de la marcha y los pocos hombres que vuelven a casa deben contemplar tranquilamente el edificio a cuya cálida sombra el director se ha revolcado. La mujer no se parece a ninguna actriz de cine, por lo menos ninguna que yo conozca. Silencio. Michael espía por la ventana y se esfuerza en crecer nuevamente para sacar de sí lo mejor, lo máximo. No todos los hombres tienen un hermoso sexo que ofrecer para poderse entretener con él. Para el director la fidelidad es innata, una cuestión de decoro. Somos el rebaño de la casa, y calentamos al señor cuando es necesaria

El joven, pensando en los innumerables amigos a los que va a contar su aventura, se mete bajo el chorro de la ducha, demasiado fuerte. Sus sentidos están con él, y se tienden en el suelo como perros a dormir en sus felpudos. Quizá luego pase por allí su chica, mientras fuera los esclavos cogen violentamente lo que les corresponde. Ha tenido la condescendencia de mirar a una mujer madura, y ahora va a descansar, este muchacho de mundo. Creo que seguirá durmiendo cuando mañana temprano los pobres suban al autobús hacia la Muerte y, con sus propiedades, se salgan de madre y se rompan la cabeza.

Como si hubieran dado la vida a cambio de sus coches, el director y su mujer van juntas a casa, la una protegida del otro, pasando de una situación a otra. Esta gente puede follar sin temor en cualquier parte, sus actos son reparados una y otra vez por el amor y por sus queridas señoras de la limpieza. Los empleados descansan, el sonido de sus despertadores pronto los hará levantar. Silencioso, el coche despeja la llanura. Las montañas guardarán reposo hasta que, mañana, el sol vuelva a ser repartido por el jefe de turismo, para alegría de los deportistas. Así, la pareja de directores vuelve a casa en su gran balsa, por la carretera general, como Dios manda, y a velocidad moderada. Hace poco que ambos han asido sus cuerpos para bombear combustible, las fuentes salpicaban en torno a ellos, sí, los ricos se refrescan cuando quieren. En las casitas no se oye ruido alguno, porque en ellas hay que pagar a cuenta el dinero de la gasolina. Como máximo reina la violencia, antes de que mañana en la fábrica estos hijos de pobre sean nuevamente administrados, y sus mujeres chapotean todo el día en los barnices del sexo fuerte. El amor es fresco como una fruta cuando está en el frasco, pero ¿en qué se convierte dentro de nosotros?

El trabajo de los sexos, llevado a cabo hoy por director y directora —¡gracias por el doble Axel y la gran cabalgada! —, bajo el que florecieron entre espasmos para después limpiarse la boca como tras una comida suculenta, ha terminado quizá por hoy, aunque no es seguro. Hasta que volvamos a encontrarnos mañana, a la luz de los faros del coche de Correos, tan temprano, aún en la oscuridad, y los próximos años! Nada más que esas luces acarician los pobres cuerpos, que se nos muestran sin vergüenza en su mal olor matinal, en sus gases de escape, ¡sólo los billetes de lotería, en los que siempre tienen que pensar! Hay que poder también ingresar, no sólo repartir.

El director balbucea palabras de amor y de mando, se anuncia a sí mismo y a su programa, este hombre privado. Ya vuelve a vivir en su elemento, el dinero. Qué sería él sin su mujer, como la llama tercamente. Feliz, se aferra con la mano libre, la que no conduce, a su cuerpo, y conduce por lo menos allí. La montaña cuelga sobre él como un cálido y manso animal, ya la ha esquilmado por completo. El otro coche lo han dejado parado, aturdido y bloqueado, como a su hijo. Sólo pensaban en su animoso sexo. La mujer puede irse a comprar las cosas que van bien a una mujer. Ahora se especula sobre el día siguiente y sus posibilidades de desarrollo. El director habla de con cuánta variedad de ideas frecuentará a su mujer después y los próximos días. Necesita agitación arriba, en su oficina, para que abajo su rabo se satisfaga y pueda dejarse atrapar por la mujer. ¿Quizá a la mujer le gusta algo especial que mañana perseguirá ciegamente al ir de compras? Este hombre: La segura estrella de su mujer brillará sobre él hasta mañana temprano, pace suavemente en su garganta, ¡pero mire a la carretera, no aparte la vista! Las gotas siguen cayendo del hombre, sudor y esperma, eso no le hace menor, más escaso, más pequeño. Sonriendo, adora a su mujer, a la que ha mantenido bajo su chorro. Sus carnosos testículos se asientan silenciosos en su nervudo tallo. Qué alivio entregarse al conjuro de la noche, cuando no se tiene que salir corriendo mañana a la oscuridad, uno entre muchos, deslumbrado por la lámpara de la cocina. Cuando el fuego arde en un motor y en otro más, uno mayor, en nuestro motor. Pulido, renovado, el director quiere volver a subir a la cama con su Gerti y eternizarse en su boscaje, nadie como él levanta tan rápido la pierna y se deja ir en un diluvio ardiente. Quizá vuelvan a ser inundados por el suave griterío de sus cuerpos, que quieren algo de comer, ¿quién sabe? La mujer quiere abrocharse el vestido delante del pecho, el frío clava sus garras en ella. Pero el hombre exige que ofrezca un poco de entretenimiento a él y a los habitantes del distrito, en sus pequeñas antesalas del infierno, por favor, Brigitte, oh no, Gerti. Vuelve a abrirle el vestido que había juntado; aún no se ha extinguido, Gerti, quiero decir que todavía hay algo que brilla en la ceniza. La calefacción aún no ha entrado en calor, pero el hombre sí. Con él las cosas van bastante rápido, tiene en la barbilla una herida causada por una uña de Gerti. No les sale al encuentro ni un solo paseante que quiera florecer un momento con un conocido delante de la casa. Nadie más que pueda ver el sello del poder sobre la frente del director de la fábrica. Y por eso tiene que estampar ese sello por lo menos a su mujer, como señal de que ha pagado la entrada y también ha salido de verdad, valientemente, del calor de su sexo al aire libre. En la cocina de los pobres, sólo se mantiene encendido el fogón.

El hombre llama su amor a su mujer, sí, también el niño lo es. En el dorado centro viven, en el cuadradillo del pueblo. Y astutamente, el Gobierno reparte a la gente las ofertas especiales con el cucharón de servir. Para que los propietarios de las empresas tomen sus decisiones y puedan inventar sus disculpas acerca de cómo han desperdiciado las subvenciones y los cuerpos humanos. Pueden ser felices siempre en medio de sus bienes, y los demás hablan de penas en su pedazo de tierra, pequeño como un pañuelo, en el que plantan cercas en cuanto su semilla llega para más de dos. ¡Ya tienen que pensar en uno más!

Hemos llegado, el niño duerme en su cuarto.

Pacientemente, el niño duerme de la mano de Químicas Linz S.A. Ahora nosotros también nos vamos a dormir, para tener un anticipo de lo que precede a la Muerte. Para ello hay que empezar por tumbarse, los pobres lo saben hace mucho, mueren antes, y el tiempo hasta entonces se les hace muy largo. El hombre se vuelve una vez más a las partes de la piel de su mujer sobrecargadas de cosméticos, enseguida la seguirá a la cama disparando como un fusil. En el baño ya, un agitado ruido de agua y convulsiones. Sin compasión, un pesado cuerpo es echado al agua para hacerlo disfrutable. Sobre su pecho reposan jabones y cepillos. Los espejos se empañan. La señora directora debe frotar vigorosamente la espalda de su marido, sumergir humildemente la mano en la espuma y seguir masajeando su poderoso sexo, que ha quedado por entero en sus manos. Tras las ventanas, la Luna se desvanece. Él ya la está llamando, el hombre y el medio kilo de carne (o siquiera menos) que es su maestro. Ya vuelve a hincharse en el agua caliente, y se alza como señor del abundante *buffet* frío de su cuerpo. Después él bañará a la mujer, tras los esfuerzos del día, no hay de qué, lo hace con gusto. Alrededor, los mortales viven de su salario y su trabajo, no viven eternamente y no viven bien. Pero ahora ya han cambiado del esfuerzo al descanso, en su pecho duerme una espina, porque no tienen un cuarto de baile propio. El director diluye su cuerpo en agua, pero siguen quedando suficientes metros cúbicos. Una vez más llama a su mujer, más alto ahora, es una orden. No viene. Tendrá que dejar que el agua lo ablande por sí sola. Pacífico, se desliza al otro lado de la bañera; ¿va a tener que rugir para que venga? Qué agradable es que el agua no lo cambie a uno, y no tener que aprender a caminar sobre ella. Qué placer, y tan barato. Todo el mundo puede permitírselo. ¡Que la mujer se quede donde está, oh nube de vaho, llévame contigo! Abre el grifo del agua caliente, lo acaricia y se siente pacífico, sereno. El agua susurra alrededor del pesado cuerpo, en el que los duros músculos masticadores muelen la vida y tragan empresas. Los pobres han caído también como agua de las rocas, pero por lo menos se quedan donde están, en sus camitas, y no están todo el tiempo suplicándole a uno, esos hombres lamentables a los que hay que pagar suplementos. ¡Cómo van a parar ciegamente a las máquinas, de una hora para otra, con las sagradas cuerdas que sus mujeres han tensado trabajosamente en el bastidor de su cuerpo! ¡Tanta sangre! Y todo en vano, en última instancia también los violentos latigazos de su corazón, porque ya no hay en él sangre para impulsar. Y a veces los niños arman ruido a las cuatro de la mañana, creo. Por lo menos uno o dos siempre vuelven a casa borrachos de la discoteca.

Pero el hijo, tantos años sin ser querido, yace ahora en su cama, y la pacífica Luna se pone. El niño respira pesadamente, recubierto por un sudor frío; con esas pastillas en el zumo se descansa de un modo totalmente distinto. El niño yace inquieto bajo la mirada de la madre, que da a la cama con el pie para enderezarla. Mustio está el niño, y sin embargo es todo su mundo: guarda silencio, como éste. Sin duda se alegra de crecer, igual que el miembro de su padre. La madre besa con ternura su pequeño bote, que el mundo lleva. Entonces coge una bolsa de plástico, la pone en la cabeza del niño y la sujeta fuerte, para que su aliento pueda quebrarse en paz. Bajo la bolsa, en la que está impresa la dirección de una *boutique,* se despliegan generosas una vez más las fuerzas vitales del niño, al que no hace mucho se ha prometido que crecería y tendría aparatos de deporte. ¡Así ocurre cuando se quiere mejorar la Naturaleza con aparatos! Pero no, ya no quiere vivir. El niño tiende ahora al agua libre, donde estará del todo en su elemento (¡mamá!) y se servirá de las gafas de bucear por las que sus compañeros aprenden a ver el mundo desde el principio como a través de un sucio cristal: a tal punto ha sido su superior, un pequeño Dios de la guerra, ágil en el trabajo, el deporte y el juego. Lo ven todo, pero no ven mucho. La madre sale de la casa. Lleva al hijo en sus brazos, como un ramo de flores por despuntar que hay que plantar. Desde las cumbres por las que el niño ha bajado hoy, y quería volver a bajar mañana (¡en realidad, el nuevo día ya ha roto, impaciente!), el suelo saluda en despedida. Huellas irritantes en la capa de nieve. ¡Ahora vagad, girad en torno al fuego, habéis tenido una experiencia! ¿no?

La madre lleva en brazos al niño; después, cuando se cansa, lo arrastra tras ella. Bajo el delicado vestido de la Luna. Ahora la mujer está junto al arroyo y, contenta, un instante después hunde al niño en él. Un hermoso silencio hace señas, y también los deportistas se hacen señas en cualquier ocasión, si es que hay público para verlas. Ahora, en contra de lo esperado, las cosas han salido de tal modo que precisamente el más joven de la familia será el primero en ver el estúpido rostro de la eternidad, detrás de todo el dinero que, para comprar, corre libremente por la Tierra cuando no lleva a alguien de la mano. Gritando, los hombres compiten y piden buen tiempo. Y los esquiadores suben a la montaña, da igual quién viva allí y quiera ganar.

El agua ha acogido al niño y se lo lleva, mucho tiempo después quedará mucho de él, con este frío. La madre vive, y su tiempo, en cuyas cadenas se envuelve, ha culminado. Las mujeres envejecen pronto, y su error es que no saben dónde esconder todo el tiempo que hay detrás de ellas para que nadie lo vea. ¿Deben tragárselo, como los cordones umbilicales de sus hijos? ¡Muerte y crimen!

¡Ahora descansad un rato!